sub b

Grenzenlose Lust
Lenas Weg geht weiter

sub b

Grenzenlose Lust

Lenas Weg geht weiter

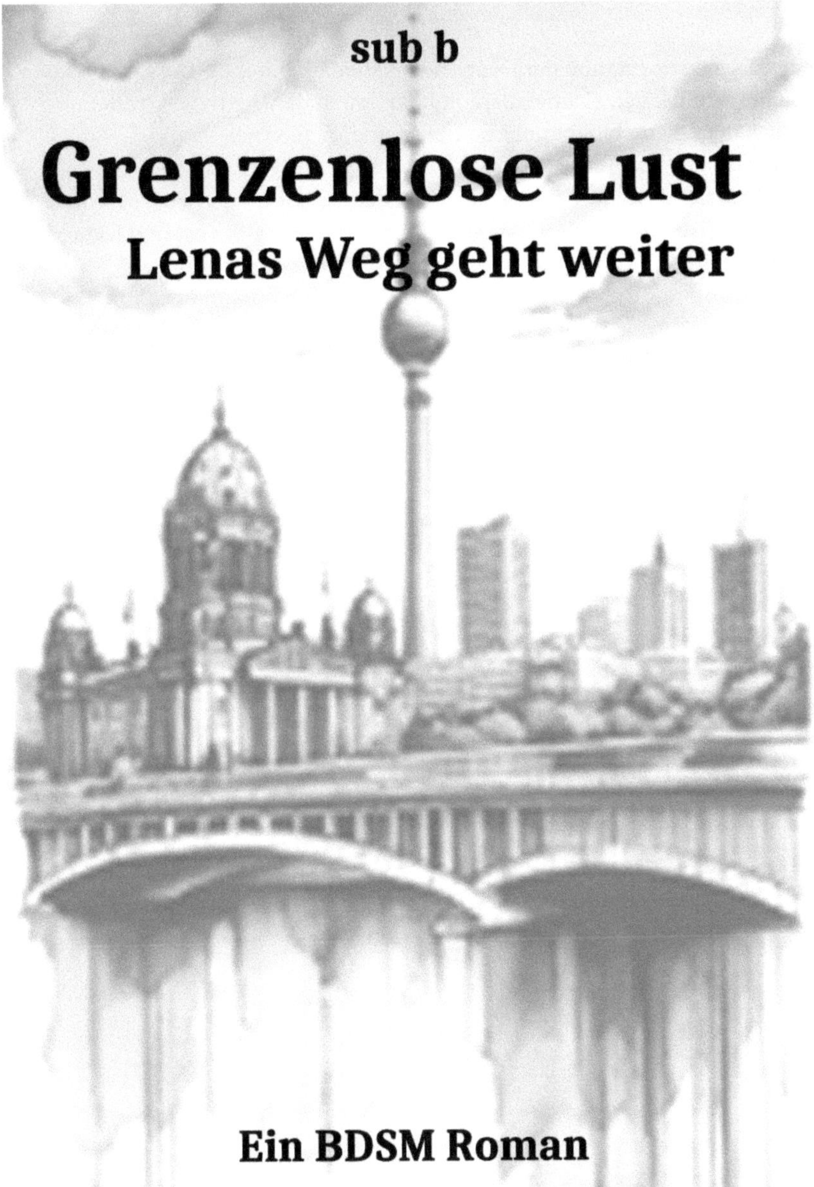

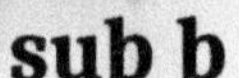

Ein BDSM Roman

Impressum

Bibliografische Information der Deutschen Nationalbibliothek: Die Deutsche Nationalbibliothek verzeichnet diese Publikation in der Deutschen Nationalbibliografie; detaillierte bibliografische Daten sind im Internet über http://dnb.dnb.de abrufbar.
Die automatisierte Analyse des Werkes, um daraus Informationen insbesondere über Muster, Trends und Korrelationen gemäß §44b UrhG („Text und Data Mining") zu gewinnen, ist untersagt.
© 2025 sub b

Das Cover wurde mithilfe Künstlicher Intelligenz durch die Verwendung von promeAI von LibAI generiert.

Verlag: BoD · Books on Demand GmbH, Überseering 33, 22297 Hamburg, bod@bod.de
Druck: Libri Plureos GmbH, Friedensallee 273, 22763 Hamburg
ISBN: 978-3-8192-1085-3

Seit der Party bei Lady Amalia sind mittlerweile viele Wochen vergangen.

Die ersten Wochen waren von Schmerz, Wut und Trauer bestimmt, doch irgendwann wurde es – wie nicht anders zu erwarten – besser. Ich hatte beschlossen mich wieder deutlich öfter mit meinen alten Freunden zu treffen, die ich wegen V so gut wie gar nicht mehr getroffen hatte. Ich ging mit ihnen Eis essen, ins Kino und zu Geburtstagsfeiern. Natürlich hatte sich herumgesprochen, dass es mit dem ominösen älteren Mann aus war und so freute man sich einfach, mich wieder häufiger zu sehen. Fragen zu V stellte niemand und ich war froh, dass V in dieser Welt nicht existierte.

Es war, als hätte mein Leben mit V in einer Parallelwelt stattgefunden, die ich jetzt wieder verlassen hatte. Lediglich G bildete eine Art Verbindungsglied. Mit ihm traf ich mich hin und wieder auf einen Kaffee oder ein Glas Wein. Es war nicht zu übersehen, dass er noch immer besorgt um mich war. Zwar versorgte er mich jedes mal mit kleinen Geschichten von Partys und Bekannten aus der Parallelwelt, aber V erwähnte er nie.

Der tauchte dafür allerdings nachts regelmäßig auf. Dann stahl er sich in meine Träume und bescherte mir lustvollen Schmerz und orgiastische Höhepunkte, nur um mich anschließend auszulachen und zu verhöhnen. Oft wachte ich dann mitten in der Nacht auf und konnte nicht mehr schlafen. Meist stellte ich mich dann an das offene Fenster, lauschte dem Lärm der Großstadt und stellte mir vor, wie V mit einer neuen Sklavin durch die Straßen zog.

So zogen die Monate ins Land und ganz allmählich wurden die albtraumhaften nächtlichen Besuche von V immer seltener. Ich fühlte mich sicher in meiner Welt bis …

Es war einer meiner neuen typischen Freitage. Ich war mit meinen neuen alten Freunden im Kino. Es lief eine dieser typischen Romcoms, in denen die weibliche Hauptdarstellerin stundenlang auf den miesen Badboy reinfällt, ehe sie dann – zum Glück – kurz vor Ende des Films erkennt, dass ihr herzensguter Dauerfreund doch die bessere Wahl ist und sie reiten glücklich in den Sonnenuntergang …

Zuerst fand ich den Film einfach nur öde, dann dumm, und am Ende war ich regelrecht sauer. Ich ertappte mich dabei, wie ich völlig überzeugt davon war, dass Männer nicht immer nur herzensgut sein mussten, um einer Frau gut zu tun. Ohne Vorwarnung tauchte das Bild von V vor meinem inneren Auge auf und damit all die Schmerzen, die er mir zugefügt hatte, und für die ich ihn umso mehr geliebt hatte. Ein Rückfall!

Meine Freunde wollten nach dem Film noch ein paar Bierchen trinken gehen, aber mir war einfach nur schlecht. Ich war absolut nicht in der Lage fröhlichen Smaltalk zu machen, also verabschiedete ich mich unter dem Vorwand wahnsinnige Kopfschmerzen zu haben und fuhr nach Hause.

Und hier sitze ich nun mit einem großen Glas Rotwein in der Hand und komme aus meinem Kopfkino nicht heraus. Unzählige Szenen aus meiner Zeit als Vs Sklavin kreisen in meinem Kopf und ich spüre, wie sich Unruhe in mir breit macht.

Nach dem zweiten Glas Wein sitze ich dann auch vor meinem Rechner und logge mich in mein altes Sklavinnenprofil ein. „Nur mal schauen", rede ich mir ein und weiß doch im selben Moment, dass ich mich nur selbst belüge.

In meinem Postfach haben sich unzählige Mails angesammelt. Einige sind von Leuten, mit denen ich mich früher – wie das klingt. Als wäre das alles Jahre her – gerne ausgetauscht habe, doch der Großteil besteht naturgemäß aus mehr oder weniger plumpen Anmachen von selbsternannten Doms. Ich lösche mein komplettes Postfach ungelesen. Wie gesagt, ich will ja nur mal ein wenig schauen …

Den immer wieder ertönenden Klingelton, der das Eintreffen einer neuen Chatanfrage anzeigt ignoriere ich. Ich schaue mir die neusten Themen im Forum an und surfe von einer Seite zur nächsten. Ich lese einen Bericht über eine Party, von der G mir auch erzählt hat und muss schmunzeln, weil der Schreiber die Party in höchsten Tönen lobt, während G sie absolut langweilig und provinziell fand. Die Zeit vergeht und dem zweiten ist längst ein drittes Glas Rotwein gefolgt, was vermutlich auch dafür sorgt, dass ich die mittlerweile zehnte Chatanfrage einfach mal öffne. Schließlich verpflichtet mich das ja noch lange nicht zu einer Antwort.

„Hallo Unbekannte
Du bist jetzt seit zwei Stunden online, ich schätze also mal, dass dies die fünfundzwanzigste Chatanfrage ist. Stellt sich also die Frage: Warum solltest du ausgerechnet diese annehmen? Denn da du gerade nicht in einem Chat bist, musst du die anderen ja abgelehnt haben. Antwort: Ich weiß es nicht :-)
Also Chat???
A"
Ich starre immer und wieder auf diese Nachricht. Kein geprahle, wie dominant er angeblich ist. Keine plumpe Anmache. Kein dummer Spruch. Nichts.
Ich muss zugeben, dass mich das beeindruckt. Eben weil es absolut untypisch ist. Und ich erwische mich dabei, wie ich überlege, was da wohl für ein Typ am anderen Ende sitzt. Minutenlang zucken meine Finger unentschlossen über dem *Chatanfrage annehmen-Button*. Kurzentschlossen kippe ich den restlichen Wein in einem Zug runter und drücke auf annehmen.

„Wow, damit habe ich ehrlich gesagt nicht gerechnet." Erscheint in dem kleinen Chatfenster.
„Womit?" Frage ich nach.
„Mit einer Reaktion von dir."

„Warum nicht? Willst du etwa gar nicht chatten?"

„Doch! Aber ich bin lange genug hier, um zu wissen, dass die meisten Chatanfragen ignoriert werden. Vor allem von devoten jungen Frauen. Vermutlich weil hier einfach zu viele Idioten unterwegs sind :-)"

„Und du bist also kein Idiot?" Frage ich frech.

„Doch, natürlich. Aber nur ein ganz kleiner."

„Oh, schade. Ich stehe eher auf große Idioten."

„Damit kann ich problemlos dienen. Groß: Locker 1,90m und mein Medizinstudium habe ich erfolgreich bereits nach drei Semestern abgebrochen."

„Oh, kein Akademiker mit Niveau also."

„Ertappt:-) Enttäuscht?"

„Noch nicht."

„Das freut mich. Hör mal, ich bin kein großer Freund von Chatgesprächen und es ist ja auch schon ziemlich spät … oder eher früh. Deswegen, ohne zu plump sein zu wollen: Wollen wir uns morgen nicht einfach ganz unverbindlich auf einen Tee treffen? Nur kennenlernen – auf keinen Fall schon mehr!"

Ich stutze einen Moment. Will er sich wirklich nur zum Quatschen treffen? Das will sonst keiner. Alle wollen erst Kaffee und dann wollen sie doch gleich mehr. Und das sage ich ihm auch.

„Das sagen alle und am Ende wollen sie doch, dass es mehr wird."

„Ich weiß. Und ich weiß auch, dass jetzt immer alle sagen, dass das bei ihnen anders ist. Vorschlag: Wir treffen uns im Café et thé. Nicht erst am Abend, sondern nachmittags und egal, was passiert, um 18Uhr verabschieden wir uns und jeder fährt allein zu seiner Wohnung. Und dann kannst du entscheiden, ob wir uns ein zweites Mal treffen wollen oder nicht."

Ich überlege hin und her. Einerseits habe ich schon Lust mich mal wieder mit neuen Leuten, zu treffen. Neue Menschen bedeuten immer auch neue Gespräche, neue Ansichten, neue Geschichten. Und über Johnny Depp – das Lieblingsthema meiner derzeitigen Freundinnen – habe ich in den letzten Monaten wahrlich genug geredet. Andererseits habe ich mir fest vorgenommen, mich aus der s/m Szene komplett zurückzuziehen. Einzige Ausnahme sollten die Treffen mit G sein, einfach weil ich ihn irgendwie vermissen würde. Aber mehr eben auch nicht. Keine Partys, keine Internetseiten, keine Treffen. Ja nicht einmal Bücher oder Filme mit s/m Bezug wollte ich anrühren. Ich wollte dieses Kapitel einfach abhaken. Mir vormachen, dass das mit V ein einmaliger Ausflug in eine andere Welt gewesen war.

Und nun sitze ich hier, vor meinem alten Profil, und stehe kurz davor mich mit einem dominanten Mann zu treffen. Ich bin einfach eine verdammt schlechte Lügnerin!

Alles in mir brennt darauf, diesen Mann kennenzulernen. Endlich wieder zu fühlen, was V mich fühlen ließ …

„Hallo? Ich kann sehen dass du noch online bist." Das Chatfenster starrt mich förmlich an.

„Sorry, ich bin unsicher, ob das eine gute Idee ist", gebe ich ehrlich zu.

„Verstehe. Also ich werde morgen von halb vier bis achtzehn Uhr in besagtem Café sitzen. Ich nehme mir ein Buch mit. Vermutlich sollte ich zu einem BDSM Klassiker greifen. So als Dom. Aber dummerweise lese ich gerade ein Buch über eine ziemlich freche Katze, die ihren Besitzer in den Wahnsinn treibt."

„Garfield?" Den konnte ich einfach nicht liegen lassen.

„Aber für Fortgeschrittene, weil ohne Bilder:-) Ich würde mich wirklich freuen, wenn du kommst. Gute Nacht."

Weg ist er. Und in mir beginnt ein Feuerwerk an Emotionen zu explodieren. An Schlafen ist nicht zu denken. Ich tigere durch meine kleine Wohnung und meine Gedanken springen in einer Tour von: Warum nicht einfach mal morgen da vorbei gehen zu: Du weißt, dass das nur übel enden kann, denk an deinen letzten Alleingang in Sachen S/M …

Irgendwann, die Morgendämmerung hat längst eingesetzt, liege ich dann doch schlafend in meinem Bett. Ich träume von V. Oder eigentlich von einem Schatten, der irgendwie aussieht wie V und mich quer durch Berlin verfolgt und ständig versucht mich an meinem Arm zurückzuziehen.

Es ist Mittag, als ich schließlich aufwache, weil mir die Sonne mitten ins Gesicht scheint. Ich kneife die Augen zu und quäle mich aus dem Bett. Routiniert spule ich das Schönheitsritual ab, das ich früher wie selbstverständlich immer gemacht habe, bevor ich zu V gefahren bin. Baden, Peelen, rasieren usw Erst als ich so gut wie fertig damit bin, realisiere ich, was ich da gerade mache und schüttle mich. „Was mache ich denn hier? Ich muss das alles nicht mehr machen. Es gibt keinen V mehr, der kontrollieren wird, ob alles an mir absolut haarfrei und ordentlich ist.“

Eigentlich hatte ich mir diese Abläufe bereits vor Monaten wieder abgewöhnt. Zu sehr waren sie ein fester Bestandteil von meiner Beziehung zu V. Keine Ahnung, wieso ich jetzt wieder in dieses alte Muster zurückfalle. Entschieden lege ich den Rasierer zur Seite und lasse die restlichen Haare einfach Haare sein.

Ich mache mir ein Käsebrot. Es ist zwei Uhr. Wenn ich A treffen will, muss ich in spätestens 40 Minuten los. In meinem Magen startet ein Schwarm Schmetterlinge. Natürlich erinnere ich mich nur zu gut an meinen bisher einzigen Versuch, mich einem anderen Mann als V zu überlassen. Es war eine einzige Katastrophe! Der Typ hatte mich gedemütigt und regelrecht verprügelt und war dabei der Meinung, so wäre S/M und es sei meine Schuld, wenn es mir nicht gefallen würde. Ich sollte mir - seiner Meinung nach - einfach in Zukunft überlegen, ob ein dominanter Mann wirklich das ist, was ich angeblich will. Wer nach Schlägen fragt, sollte sie am Ende der Nacht auch vertragen.

So etwas will ich wirklich nie wieder erleben. „Ich sollte einfach zu Hause bleiben und mein Profil auf dieser blöden Fetischseite für immer löschen", denke ich und höre meine innere Stimme beinahe im selben Augenblick flüstern: „Aber das willst du doch eigentlich gar nicht. Die letzten Monate waren langweilig und absolut nicht mehr dein Leben. Du bist nicht die süße Lena, die begeistert in die Hände klatscht, weil ein paar super hippe Boots im Sale sind, so wie es deine Freundin Melle neulich erst getan hat. Du träumst nicht von einer romantischen Nacht mit Johnny Depp oder Chris Hemsworth. Jedenfalls nicht, solange keiner von beiden dabei gekonnt eine Peitsche schwingt." Ich muss lächeln. Aber nur kurz. Denn eigentlich ist es nicht lustig, dass ich hier stehe und im Grunde nicht weiß, wer ich wirklich bin. Mein Verstand warnt mich vor einem weiteren S/M Experiment. Mein Unterleib will hingegen endlich wieder vor Lust pulsieren. Kurz überlege ich G anzurufen. Immerhin kennt er, meine Sehnsüchte genauso gut, wie meine Ängste. Aber ich weiß auch, dass G mich nie im Leben alleine zu dem Treffen gehen lassen würde. Und wenn ich eines nicht brauchen kann, dann einen Aufpasser! Das wäre nun wirklich extrem peinlich.

Ohne es zu merken habe ich mir ein passendes Outfit herausgesucht. Wem will ich etwas vormachen, ich werde zu dem Café fahren. Vernunft war noch nie meine Stärke.

Nervös betrete ich nur zwei Minuten nach halb vier das Café et thé und schaue mich suchend um. Der Laden ist gut besucht, dennoch entdecke ich mein vermeintliches Date recht schnell. In einer Ecke am Fenster sitzt ein großer Mann, den ich auf Mitte dreißig schätze und liest in einem Buch, auf dessen Cover eine miesgelaunt dreinblickende Perserkatze einen jungen Mann im Anzug mit einer Katzenangel schlägt. Augenblicklich legt sich meine Nervosität. Der Typ sieht einfach zu sympathisch aus, um ein kompletter Arsch zu sein. „Ist dir schon einmal aufgefallen, dass die Nachbarn von Massenmördern das auch immer sagen?", höre ich eine kleine Stimme in meinem Kopf, die ich aber entschlossen abschüttele, bevor ich zu dem Tisch gehe.

„Ich dachte du wolltest kein S/M Buch mitbringen", eröffne ich das Gespräch und deute auf die prügelnde Katze.

Er grinst und blickt mich mit unergründlichen tief braunen Augen an.

„Ein Dom muss tun, was ein Dom tun muss. Wie stehe ich denn sonst da?"

Er steht nun tatsächlich auf und schiebt mir den Stuhl zurecht. Dabei stelle ich fest, dass er unglaublich gut riecht. Irgendwie nach einer Mischung aus frischer Minze und Karamell.

„Bitte, setz dich doch. Ich freue mich wirklich, dass du gekommen bist."

„So leicht komme ich dann doch nicht", denke ich, hüte mich aber einen so plumpen Spruch laut auszusprechen. Was ist bloß los mit mir? Das hier soll ein einfaches Kennenlernen werden und kein Sextalk. Also lächle ich ihn einfach freundlich an und sage erst einmal nichts.

„Habe ich dir die Sprache verschlagen?", fragt er auch prompt, weil ich nicht weiß, was ich sagen soll und deswegen nur erneut auf das Katzencover glotze.

„Nein. Ich bin einfach nicht so gut in solchen Sachen", sage ich.

„Im Reden?", er zieht die Augenbrauen nach oben. „Du hast im Chat gestern nicht gerade den Eindruck gemacht, als wärst du auf den Mund oder Kopf gefallen."

„Live ist das etwas anderes."

„Du bist also eine Mogelpackung?", fragt er scherzhaft, ohne zu wissen, dass er damit einen wunden Punkt bei mir getroffen hat. Mogelpackung … das war das, was mir mein Fail-Date damals im Grunde auch unterstellt hat. Ich versteife mich. Eine extrem kleine Regung, die meinem Gegenüber dennoch nicht entgeht.

„Hab ich etwas Falsches gesagt?", erkundigt er sich augenblicklich und sieht mich dabei warm an.

„Nein, nicht wirklich ...", ich stocke und bin ihm unendlich dankbar, dass er nicht sofort nachhakt, sondern mir Zeit gibt und einfach abwartet. Und so berichte ich ihm nur wenige Sekunden später von meinem grausamen Erlebnis mit meiner letzten Chatbekanntschaft. Von V erzähle ich ihm allerdings noch nicht. Dieses Kapitel ist so intim, dass ich es nicht schon nach wenigen Sätzen mit jemanden teilen würde.

A hört mir zu. Ohne Zwischenbemerkungen oder Fragen. Er sitzt einfach nur da und hört mir wirklich zu. Als meine Geschichte zu Ende ist, sagt er leise: „Er hat es nicht verstanden. Das tut mir unendlich leid für dich."

Fragend blicke ich ihn an.

„Dass man respektvoll mit einer unterwürfigen Person umgehen muss. Dass es ein Geschenk ist, wenn dir jemand so sehr vertraut. Ein Geschenk, das man nicht ausnutzen darf. Dass dominant sein nicht bedeutet sinnlos auf Menschen einzuprügeln und sich bis zum eigenen Höhepunkt an ihren Schmerzen zu ergötzen." Beim letzten Satz beginnt seine Stimme unheilvoll zu zittern. Es ist nicht zu übersehen, wie wütend ihn mein Erlebnis macht. „Tut mir leid, aber ich bin leider selbst schon auf solche Arschlöcher getroffen. Solche und leider auch auf noch viel schlimmere." Er blickt gedankenverloren aus dem Fenster und ich ahne, dass auch er eine sehr persönliche Erfahrung mit dieser Sorte Dom gemacht haben muss. Ich frage mich welche. Ob er ein Switcher ist?

Wir verlassen dieses schwierige Thema zum Glück problemlos und finden auch sofort neue Themen. Die Zeit verfliegt förmlich und so schrecke ich auch kurz auf, als es plötzlich aus seiner Tasche klingelt und er wider Erwartend kein Handy, sondern einen kleinen Timer in Form eines Kükens daraus hervor holt.

„Was ist das denn?", frage ich neugierig.

„Meine digitale Eieruhr", antwortet er und es klingt, als wäre es das Normalste auf der Welt eine Eieruhr in Form eines Kükens bei einem Treffen in der Tasche zu haben. „Zeit zu gehen. Die vereinbarten zweieinhalb Stunden sind um." Er steht auf und schiebt mir sein Buch zu. „Da steht meine Nummer drin."

„Du musst noch nicht gehen", versuche ich ihn aufzuhalten.

„Oh doch. 18 Uhr war abgemacht und ich halte mich an meine Abmachungen. Das schafft Sicherheit und Vertrauen."

Ich sehe ihn fragend an.

„Angenommen, wir wären nicht in einem Café", er beugt sich zu mir herunter und sein Gesicht ist direkt vor meinem, „sondern in einer intimeren Situation und ich hätte dir 10 Peitschenhiebe angekündigt", seine Stimme wird ganz leise, „und nur weil es mir gerade unglaublichen Spaß macht, erhöhe ich die Hiebe einfach so auf 20 … oder 30 ..." Intensiv schaut er mich aus tiefbraunen Augen an. Ich schlucke nervös und versuche krampfhaft die Hitze, die sich in meinem Lustzentrum ausbreitet zu ignorieren

„Aber muss man sich nicht manchmal auch einfach von der Situation treiben lassen?", frage ich ihn und meine Stimme klingt sonderbar heiser.

„Dazu muss man sich aber extrem gut kennen. Es ist ein ziemlich schmaler Grat zwischen Grenzen erweitern", er schiebt mein leeres Wasserglas auf dem Tisch hin und her, "und Grenzen überschreiten", plötzlich schubst er das Glas über die Tischkante, so dass das Glas fällt und auf dem Boden in unzählige Scherben zerbricht. Wie versteinert starre ich auf die Scherben, während er das Café ohne ein weiteres Wort verlässt.

„Man Mädchen, wat haste dir denn da für'n Spinner jeangelt", fragt mich die herbeigeeilte Kellnerin, während sie die Scherben zusammen kehrt. „Sei bloß froh, dat de den los bist."

Ich nicke stumm. Wie sollte ich ihr auch erklären, dass mich genau diese Sorte *Spinner* unglaublich erregt.

Zu Hause angekommen hole ich mir ein Bier aus dem Kühlschrank und fläze mich auf dem Balkon in meinen Sitzsack. Gedankenverloren starre ich in die vorbeiziehenden Wolken. In meinem Kopf tobt ein wahrer Orkan. Das Treffen mit A lässt mich nicht los. Habe ich wirklich geglaubt, ich könnte S/M einfach so aus meinem Leben streichen? So tun, als hätte es V nie gegeben? Ignorieren, welche Gefühle all das, was V mit mir getan hat in mir ausgelöst hat? Wie naiv! Allein die Erwähnung von Peitschenhieben hat mich feucht werden lassen.

Ich denke über seine Einstellung zum Verschieben und Überschreiten von Grenzen nach. Kann eine S/M Session ohne dass Grenzen angetastet werden überhaupt erfüllend sein? „Für mich nicht", stelle ich fest und überlege mir, wie enttäuscht ich gewesen wäre, wenn V mich nicht ständig zu Dingen getrieben hätte, die ich eigentlich nicht machen wollte, die bis dato eine Grenze waren. Wie mich gerade diese Momente erregt und befriedigt haben. Bis zu jenem Abend, der das Ende unserer Beziehung bedeutet hat. „Weil er da eine Grenze irreversibel überschritten hat", denke ich.

Bis zum heutigen Tag weiß ich nicht, ob er diese Grenze absichtlich so hart überschritten hat, oder ob er sich einfach verschätzt hat und dachte, er würde nur ein weiteres Mal eine meiner Grenzen verschieben. Vielleicht hat er mich am Ende eben doch nicht gut genug gekannt …

Ich hole mir ein zweites Bier und das Buch, dass A mir gegeben hat. Ich schlage es auf und finde auf der ersten Seite tatsächlich eine Telefonnummer. Unter der Nummer steht: „Es liegt allein in deiner Hand." Und ganz unten auf der Seite steht dann noch: „Übrigens: Ein Anruf macht dich nicht gleich automatisch zu meinem Eigentum. Er verpflichtet dich zu rein gar nichts … wir können auch einfach noch einmal ganz gemütlich einen Tee trinken gehen:-) Ich lächle und blättere aufs blaue hinein auf irgendeine Seite in dem Buch.

... er holte aus und setzte zwei weitere harte Schläge. Ihr Hintern glühte und war über und über mit tiefroten Striemen übersät. Sanft wischte er ihr die Tränen aus dem Gesicht, die sie lautlos geweint hatte. Genauso, wie er es gefordert hatte. „Ich will keinen Ton hören", hatte er gesagt. „Kein Schreien, kein Stöhnen, kein Jaulen oder Murren. Nichts." ...

Von wegen Katzenbuch. Ich schlage eine weiter Seite auf und finde auch hier ziemlich eindeutige Sätze. Gebannt lese ich Satz für Satz und Seite für Seite. Meine Brustwarzen drücken sich längst steinhart gegen mein T-Shirt und zwischen meinen Beinen glüht eine unstillbare Hitze. Ich lese wie im Rausch. Erst als es irgendwann zu dunkel ist gehe ich ins Bett. Dort vermischen meine Gedanken meine Erlebnisse mit V mit den Geschichten aus dem Buch und dem Bild von A. Ein wirrer Irrsinn voller Lust und Schmerz, der mich schließlich zu meinem Lieblingsvibrator greifen lässt, der mich gekonnt immer und immer wieder aufstöhnend kommen lässt, bis ich irgendwann völlig erschöpft in einen traumlosen Schlaf falle.

Während meiner Schicht im Café am nächsten Tag überlege ich hin und her, ob ich A anrufen soll. Immer wieder versuche ich mir einzureden, dass meine Selbstbefriedigungsorgie gestern Abend nur ein kurzer Ausrutscher war, nur um dann doch zugeben zu müssen, dass das nicht stimmt. Die Geschichten in dem Buch haben all die Fantasien wiederbelebt, die ich seit Monaten unterdrückt habe. Und eventuell trennt mich jetzt nur ein einziger Anruf davon endlich wieder das erleben zu können, was ich so sehnlichst vermisse.

Zwei Tage halte ich durch, dann wähle ich die Nummer aus dem Buch und verabrede mich ein zweites Mal mit A im Café et thé. Natürlich rede ich mir ein, dass ein zweites Treffen noch immer nichts Verbindliches sein muss. Einfach noch mal reden, sich kennenlernen … ganz unverbindlich …

„Ich freue mich, dass wir uns noch einmal treffen. Ich schätze, du hast tausendmal überlegt, ob du meine Nummer wählen sollst oder nicht." Er lächelt mich aus seinen tiefbraunen Augen an.
„Eher zweitausendmal."
Sein Lächeln wird breiter. „Dann freut es mich um so mehr."
Die Kellnerin kommt, um unsere Bestellung aufzunehmen und bleibt dann aber abrupt staunend neben mir stehen. „Dein Ernst, Mädchen? Ick dachte du wärst schlauer", sie mustert erst A, dann mich. Dann zuckt sie mit den Schultern und fragt: „Soll ick den Tee heute lieber im Plastikbecher servieren? Nich dass ick nachher wieder Scherben habe."
A schaut der Kellnerin direkt in die Augen. „Das mit dem Glas neulich tut mir wirklich leid. Ich verspreche, dass ich das nicht noch einmal machen werde. Versprochen." Er hebt die Finger zum Schwur.
„Hmm … na dann will ick dit mal glooben. Aber wenn doch watt zu Bruch geht, werd ick dit berechnen!"
„Natürlich."
Wir bestellen unsere Tees und dazu stilles Wasser. Weil ich nicht weiß, was ich sagen soll, krame ich sein Buch aus meiner Tasche.
„Dein Buch", sage ich und meine Stimme klingt furchtbar dünn. Ich räuspere mich kurz und fahre dann mit etwas festerer Stimme fort: „Nicht das du die *Katzengeschichten* noch vermisst."
„Danke. Ich nehme an, dass du meine Telefonnummer gespeichert hast?"
„Eingebildet bist du wohl gar nicht?"
Er zuckt mit den Schulter. „Hat dir das Buch gefallen?", fragt er süffisant.
„Wieso gehst du davon aus, dass ich es gelesen habe?"

„Weil deine Stimme es verraten hat. Und sie hat mir auch verraten, dass du das Buch nicht nur gelesen hast, sondern dass es dir auch … na sagen wir mal *gefallen* hat." Sein Blick bohrt sich förmlich in mich herein. Und jetzt werde ich tatsächlich rot. Wie peinlich.

„Ich frage mich, welche Geschichte du wohl am anregendsten fandest. Vielleicht die von Sonja und ihrer Herrin?" Er mustert mich intensiv. „Nein, die war es wohl eher nicht. Dann ja eventuell die Leiden von Fiona? All die Gemeinheiten und Schläge, die ihr Herr ihr aufbürdet … oder hat dich die Geschichte von Zoe heiß gemacht, die wehrlos fixiert immer und wieder von fremden Männern geschlagen und benutzt wird ..." Während mein Atem unruhig wird, beobachtet sein Blick mich noch immer absolut ruhig. Dann grinst er. „Verstehe."

„Du verstehst gar nichts", sage ich und blicke in trotzig an. Kurz blitzt das Bild von V auf unserer letzten gemeinsamen Party vor meinen Augen auf, wie er zusammen mit anderen Männern die gefesselte Sklavin eines Anderen … ich verdränge das Bild augenblicklich wieder. Zu schmerzhaft. Ich starre angestrengt auf meine Tasse Tee und sehe trotzdem aus den Augenwinkeln, wie sein Grinsen verschwindet und einem Grübeln Platz macht.

„Ist ja auch egal. Am Ende werde eh ich entscheiden, was mit dir passiert."

„Das wüsste ich aber!", entfährt es mir. Was glaubt der Typ eigentlich, wer er ist? Nur weil wir zweimal miteinander Tee trinken waren, heißt das noch lange nicht, dass ich ihn in mein Leben lasse, wie ich V in mein Leben gelassen habe.

Er zieht eine Augenbraue hoch, dann nickt er. „Stimmt, soweit sind wir wirklich noch nicht. Aber ich bin zuversichtlich ..."

Jetzt zucke ich mit den Schulter, und A steuert das Gespräch in weniger prekäre Gewässer. Wir unterhalten uns über meine Arbeit im Café, seine Arbeit für ein Pharmaunternehmen, über Kinofilme im Vergleich zu Streamingdiensten und eine menge anderer unverfänglicher Themen. Irgendwann schaut A auf seine Uhr. „Das war extrem kurzweilig. Leider habe ich heute Abend noch einen Videocall."

Ich nicke und verspüre einen leichten Anflug von Traurigkeit. Ich fühle mich wohl in seiner Gegenwart.

„Ich möchte, dass du jetzt zu den Herrentoiletten gehst. Dort gibt es drei Kabinen. Du gehst in die letzte, ziehst deinen Slip aus und beugst dich leicht nach vorne", er demonstriert, was er meint, in dem er sich tief über unseren Tisch beugt. „Dann hebst du deinen niedlichen kleinen Rock nach oben, so dass dein Hintern frei ist."

Ich starre ihn ungläubig aus großen Augen an.

„So wartest du dann, bis ich bei dir bin." Er lehnt sich auf seinem Stuhl zurück und blickt mir direkt in die Augen. Es ist nicht zu übersehen, dass er keine Scherze macht.

Wie festgefroren klebe ich auf meinem Stuhl und bewege mich kein Stück. „Das sitze ich aus", denke ich und verschränke meine Arme vor meiner Brust. A zeigt sich absolut unbeeindruckt. Wie beim Showdown in einem Western sitzen wir uns schweigend gegenüber und starren uns an. Minute um Minute verstreicht, bis A sich irgendwann zu mir herüber lehnt und: „Du willst es. Ich weiß das und du weißt das auch" flüstert. „Also tu uns beiden doch bitte den Gefallen und mach einfach, was ich dir gerade gesagt habe." In seiner Stimme schwingt ein leicht drohender Unterton mit, der mir ein Kribbeln über den Rücken laufen lässt.

„Warum?", frage ich.

„Weil ich Lust darauf habe", sagt er und es klingt, als wäre meine Frage das Dümmste, was er seit langem gehört hat. Dann fügt er beinahe sanft hinzu: „Und weil du Lust darauf hast. Ich weiß nicht, was dafür gesorgt hat, dass du deine Gelüste anscheinend seit einer ganzen Weile unterdrückst, aber ich bin mir ziemlich sicher, dass du spätestens beim Lesen meiner *Katzengeschichten* selber gemerkt hast, dass das auf Dauer nicht geht. Du bist, wie du bist. Und daran ist nichts Verwerfliches."

Ich muss schlucken.

„Okay, pass auf. Du stehst jetzt auf und gehst entweder zu den Herrentoiletten und tust, was ich dir gesagt habe. Oder du gehst zur Tür hinaus und entscheidest zu Hause ganz in Ruhe, wie es mit uns beiden weitergehen soll. Solltest du mich anrufen erwarte ich, dass du in Zukunft machst, worum ich dich bitte. Wenn du nicht anrufst, fände ich das schade, würde es aber selbstverständlich respektieren."

In meinem Kopf arbeitet es. Ich atme zwei- dreimal tief ein und aus, bevor ich langsam aufstehe. Im Bruchteil einer Sekunde fälle ich eine Entscheidung und gehe zu den Waschräumen. Vor dem Eingang zu den Herrentoiletten bleibe ich einen Moment stehen und lausche. Es ist nichts zu hören. Vorsichtig öffne ich die Tür und spähe hinein. Anscheinend ist gerade niemand darin und so husche ich schnell in die letzte Kabine und sperre hinter mir zu. Ich lasse mich auf den Klodeckel plumpsen und überlege kurz, ob ich einfach wieder herausrennen soll. Aber wem will ich etwas vormachen. Alleine dieser Ausflug in die Männertoilette lässt mein Lustzentrum beben. „Ich bin, wie ich bin", wiederhole ich As Aussage, bevor ich meinen Slip auf den Spülkasten lege, mich vornüberbeuge und meinen Rock nach oben ziehe. Ich erstarre, als ich höre, wie sich die Tür öffnet. Stocksteif und mucksmäuschenstill stehe ich in meiner Box. Ein Reißverschluss wird geöffnet und nach einem erleichterten „Uhh" ertönt das unverkennbare Geräusch eines Wasserstrahls, der in eine Schüssel schießt. „Nur dass es sich sicher nicht um Wasser handeln wird", denke ich und unterdrücke Erinnerungen an äußerst demütigende Urinduschen, die mir V des öfteren verpasst hat.

Eine ganze Weile bleibt es ruhig, bis sich die Tür erneut öffnet. Ich höre, wie Schritte eindeutig auf meine Kabine zukommen. Mein Herz würde mir sicherlich in die Hose rutschen, wenn ich denn eine an hätte.

„Mach auf", höre ich die ruhige Stimme von A und ich gehorche. Augenblicklich öffnet sich die Tür und A drängt sich zu mir in die Zelle. Mein Herz rast. Ich spüre, wie A mit einem Finger über meinen nackten Hintern streicht und kann kaum glauben, wie sehr mich diese kleine Berührung erregt. Ich beiße mir auf die Zunge, um nicht laut aufzustöhnen. Dann höre ich, wie A seinen Gürtel öffnet. In meinem Kopf bilden sich Bilder von A, der mich hart und erbarmungslos von hinten nimmt. Meine Brustwarzen sind steinhart. Dann, wie aus dem Nichts trifft mich sein Gürtel und hinterlässt einen brennenden Schmerz auf meinem Arsch. Diesmal kann ich mir ein Stöhnen nicht verkneifen. Ob aus Schmerz, oder aus Lust weiß ich selbst nicht so genau. Das ist mir in diesem Moment aber auch vollkommen egal. Ich genieße einfach nur jeden seiner Schläge. Viel zu schnell ist es vorbei.

„Den nehme ich mit", er greift sich meinen Slip und dann ist er auch schon verschwunden. Wie betäubt bleibe ich in der Kabine. Ich weiß nicht, wie viel Zeit vergangen ist, bis ich schließlich zurück in den Gastraum gehe. Unser Tisch ist leer. A ist nicht zu sehen. Während ich irritiert auf die verwaisten Plätze starre, kommt die mir bereits bekannte Kellnerin angedackelt.

„Dein Spinner hat bezahlt, mir den Zettel hier für dich gegeben und is dann rausjerauscht", sie reicht mir mit einem mitleidigen Blick ein gefaltetes Blatt Papier. „Ick weeß ja echt nich, ob dit der Richtige für dich is." Kopfschüttelnd geht sie zum Tresen zurück und lässt mich mit dem Stück Papier allein. Schnell schnappe ich mir meine Tasche und verlasse das Café ebenfalls. Erst auf der Straße öffne ich den Zettel und bin ziemlich schnell enttäuscht.

Ich melde mich morgen bei dir.

„Mehr nicht?", ich drehe und wende das Blatt, aber es bleibt bei diesen sechs Wörtern. Ich gehe zu meiner Bahn und denke: „Sind eigentlich alle dominanten Männer bekloppte Arschlöcher?"

In der Bahn ertappe ich mich dabei, wie ich das Gefühl meines pulsierenden Hinterns auskoste. Idiot hin oder her, mit dem Gürtel umgehen kann er. Ich beobachte die anderen Fahrgäste und frage mich, was sie denken würden, wenn sie wüssten, was A gerade mit mir gemacht hat. Ich muss grinsen und fühle mich plötzlich schrecklich erhaben und stolz. Ein Gefühl, das ich seit meiner Zeit mit V nicht mehr in dieser Form gefühlt habe. Ich genieße es …

A steuert seinen Wagen durch die Innenstadt. Wir fahren am Bahnhof Zoo und an der Gedächtniskirche vorbei, passieren das KaDeWe und biegen irgendwo hinter der Urania ab. Schließlich fährt er in eine Tiefgarage und parkt. Schweigend gehen wir zu einem Fahrstuhl. In der dritten Etage steigen wir aus.
Die Wohnung von A ist modern eingerichtet. Klare Linien und schlichtes Design, welches jedoch hie und da durch gezielt eingesetzte alte Möbelstücke aufgebrochen wird. Ich schätze die Größe der Wohnung auf mindestens 120 Quadratmeter und ich frage mich nicht zum ersten Mal, warum sich Menschen freiwillig eine viel zu große Wohnung anschaffen. Mehr Platz bedeutet meiner Ansicht nach in erster Linie immer auch mehr Arbeit.
„Setz dich doch“, er deutet auf eine zerknautscht aussehende Ledercouch und verschwindet dann. Unruhig rutsche ich in eine der Ecken, während A zwei Gläser aus einem Riesigen Holzschrank holt und vor mir auf den Tisch stellt.
„Rotwein, Weißwein oder einfach nur Wasser?“, fragt er freundlich.
„Vielleicht eine Weißweinschorle?“, frage ich etwas schüchtern.
A nickt und kommt kurze Zeit später mit einer Flasche Weißwein und einer Flasche Wasser zurück. Nachdem er uns beiden eine Schorle gemixt hat setzt er sich neben mich. Nervös ziehe ich meinen Rock zurecht und weiß beim besten Willen nicht, was ich sagen soll. Darf ich überhaupt einfach so mit ihm reden? Ist das hier der Anfang einer Session oder einfach nur ein Treffen?

„Ich habe Hunger." Er greift nach seinem Smartphone. „Pizza?",
er schaut mich fragend an. Ich nicke. „Und was für eine? Die machen eine wirklich gute vegetarische Pizza mit Grillgemüse",
schlägt er vor. „Äh, Grillgemüse ist nicht wirklich das, was meiner
Meinung nach auf eine Pizza gehört", denke ich, traue mich aber
nicht das auch laut zu sagen. A entgeht mein Zögern nicht. „Du
kannst natürlich bestellen, was du möchtest."
„Salami?", wage ich mich kleinlaut vor.
„Okay", er lächelt mich an und ich entspanne mich ein wenig.
„Einen wunderschönen Abend … Wir hätten gerne zweimal Pizza
Salami … und auf eine dann gerne noch extra Jalapeños …nein,
das ist alles … prima … danke." Er legt das Telefon auf den Tisch.
„Es dauert ungefähr 20 Minuten. Möchtest du in der Zwischenzeit
die Wohnung mal komplett sehen?"
„Gerne."
Das Einrichtungskonzept des Wohnzimmers zieht sich durch die
komplette Wohnung. Mir gefällt der Mix aus neu und alt. Ich überlege, ob er das wohl selber eingerichtet, oder einen Innenausstatter
dafür engagiert hat. Natürlich beinhaltet auch diese Führung den
peinlichen Moment des Schlafzimmers. Neugierig scanne ich den
Raum nach den üblichen S/M Utensilien, sehe auf den ersten Blick
aber nichts, was besonders auffällig wäre. Den Mittelpunkt bildet
eindeutig ein Bett mit den nicht mehr so unüblichen Gitterstäben
an Kopf- und Fußende. Eine Wand wird komplett von einer riesigen Schrankwand eingenommen. Dazu gibt es einen kleinen Sessel
mit einem runden Tischchen. Auf einem weiteren Beistelltisch
steht eine große Pflanze. Ich bin nicht der größte Pflanzenkenner,
tippe aber auf eine Monstera. Nichts an diesem Raum deutet auf
As sexuelle Vorlieben hin. Dieser Raum ist das absolute Gegenteil
zu dem Spiel- und Schlafzimmer von V, in dem förmlich alles
nach S/M schrie.
„Enttäuscht?", fragt er spöttisch.

„Ich weiß nicht, was du meinst", gebe ich forscher, als ich mich fühle zurück und bringe ihn damit tatsächlich zum Lachen.

Es klingelt.

„Das ist sicher unsere Pizza." Er geht zur Wohnungstür zurück und ich folge ihm, nicht ohne noch einen letzten prüfenden Blick durch das Zimmer zu werfen. Doch da ist absolut nichts …

A hat die Pizzen auf dem Esstisch abgestellt und auch unsere Gläser dazu geholt.

„Brauchst du Besteck? Die Pizza ist normalerweise schon in Ecken geschnitten." Erklärt er mir und setzt sich vor seine Pizzaschachtel.

„Dann nicht." Ich stehe noch immer im Raum und warte. Fragend schaut er mich an. „Was ist, warum setzt du dich nicht?"

„Weil ich nicht weiß wo und wie", sage ich unsicher.

Er runzelt verständnislos die Stirn. „Na am Besten hier bei mir am Tisch und gerne auch bequem", beantwortet er irritiert meine *wo und wie* Frage und deutet dabei auf die freien Stühle am Tisch. Ich komme mir ziemlich dumm vor, als ich mich ihm gegenüber hinsetze.

„Willst du deine Pizza nicht wenigstens probieren?" Er deutet auf die ungeöffnete Verpackung vor mir. Unsicher beiße ich das erste Stück meiner Pizza ab. Essen wir jetzt wirklich einfach nur ganz normal gemeinsam Pizza? Bei V gab es das so gut wie nie. Wenn ich mit V zusammen war, war ich nie einfach Lena und er einfach V. Ich war immer seine Sklavin und er mein Herr. Kein Essen, kein Trinken kein Toilettengang ohne ihn zu fragen.

Als wir mit dem Essen fertig sind kann ich mich nicht länger zurückhalten. „Wieso tust du das?", platzt es aus mir heraus.

„Warum tue ich was?"

„Warum behandelst du mich, als wären wir absolut gleichberechtigt?"

„Ich verstehe ehrlich gesagt nicht …", er zögert kurz dann nickt er, als wäre ihm plötzlich klar geworden, was ich meine. Er nimmt unsere Gläser, füllt sie auf und nimmt mich mit auf den Balkon.

„Mein Vorgänger war wohl eher der 24/7 Typ?", fragt er und trinkt einen großen Schluck.

„So ungefähr ... schätze ich ..."

Er nickt und ich fahre erläuternd hinzu: „Wenn wir zusammen waren, war ich immer seine Sklavin und er mein Herr. Er hat entschieden, er hat bestimmt." Ich denke kurz nach und füge noch hinzu: „Er hat eigentlich seit ich seinen Bedingungen zugestimmt habe immer über mich bestimmt. Auch wenn er nicht bei mir war." Ich muss an all seine Anweisungen bezüglich meines Aussehens und meiner Klamotten denken. Seine Befehle, wann ich wo zu sein hatte und so weiter.

„Das ist nicht mein Kink", sagt er schlicht und schaut mich dann intensiv an. „Ist es deiner? Brauchst du das Gefühl rund um die Uhr überwacht und bevormundet zu werden?" Er sieht mich abwartend an.

Ich denke kurz nach und weiß es ehrlich gesagt nicht. Ich kenne schließlich nur diese Variante. Mein einziges Treffen mit einem anderen dominanten Mann endete bekannterweise in einer Katastrophe, weil es mir null Lust und nur Schmerz bereitet hat. A merkt, dass mir die Antwort nicht leicht fällt und sagt: „Okay, vielleicht hilft dir das ja ...", er schaut mir tief in die Augen. „Hast du gestern sofort gemerkt, dass meine Aufforderung auf der Toilette auf mich zu warten kein Scherz von mir war?"

Natürlich habe ich das gespürt. Ich nicke.

„Du hast also keine Sekunde daran gezweifelt, dass ich es absolut ernst meine?"

„Nein." Noch verstehe ich nicht, worauf er hinaus will.

„Obwohl wir uns vorher ganz normal unterhalten haben, du deinen Tee selber auswählen durftest und ich dich nicht vor den anderen Gästen gedemütigt habe?"

„Ja."

„Hm. Und als du abends in deinem Bett gelegen und an unser Treffen in der Klokabine gedacht hast, hat dich das erregt?" Er zieht fragend seine Augenbrauen hoch. „Oder hast du dir gedacht: War ganz nett, aber wirklich geil hätte es mich gemacht, wenn ich ihm meinen Slip schon im Gastraum vor den Augen der anderen Gäste hätte geben müssen?" Er mustert mich und ich spüre, wie ich rot werde.

„Nein", krächze ich. „Die … die Sache auf dem Klo war anregend genug." Ich schlucke. Unweigerlich muss ich daran denken, wie geil mich das Ganze tatsächlich gemacht hat. Wie schnell ich bei den Gedanken an das Geschehene zum Höhepunkt gekommen bin …

„Du hast dich also gestern Abend problemlos zum Höhepunkt gefingert? Ohne das Geschehene zu erweitern oder zu verändern?"
Woher weiß er das? Ich habe das Gefühl, dass mein Kopf gleich explodieren wird, so heiß ist er mittlerweile. So peinlich, wie dieses Gespräch war mir schon lange nichts mehr. Am liebsten würde ich zur Tür herausrennen und A nie wiedersehen."
„Dir ist schon klar, dass ich das nicht nur frage, weil es mich anmacht. Denn das tut es - ohne Frage - , sondern vor allem, weil es durchaus entscheidend für unsere zukünftigen Treffen sein könnte. Wenn du ohne komplette Kontrolle und ohne permanentes Machtgefälle keine Lust empfinden kannst, könnte das mit uns auf lange Sicht eventuell schwierig werden. Ich persönlich finde es nämlich ehrlich gesagt deutlich erregender eine Frau von einer Sekunde auf die andere zu unterwerfen und das Machtgefälle wann immer es mir gefällt komplett zu verändern."
Ich nicke, weil ich verstehe, was er meint. Ich nehme mir also einen Moment Zeit und höre ganz tief und völlig ehrlich in mich hinein. Ich denke an all die Moment, in denen V mich öffentlich bloß gestellt hat. Wie er mir im Grunde rund um die Uhr seinen Willen aufgezwängt hat. Klar hat mich das immer auch irgendwie erregt. Aber hätte es mich am Ende des Tages weniger geil gemacht, wenn ich einige Teile des Tages auch auf Augenhöhe mit V verbracht hätte? Wenn ich hin und wieder selbst hätte entscheiden

können, welches Kleid ich wann anziehe? Ob ich Tee oder Kaffee zum Frühstück will? Nein, sicher nicht! Also fasse ich all meinen Mut zusammen und sage mit möglichst fester Stimme: „Ich hatte gestern keine Probleme damit, dass du mich innerhalb von Sekunden von der Leiter geschubst hast", er muss grinsen, „und die Erinnerung an die Herrentoilette und zwei meiner Finger haben es problemlos geschafft mich zu einem sehr intensiven Orgasmus zu bringen." Kurz schaffe ich es ihm ins Gesicht zu schauen. Ich sehe, wie seine Mundwinkel zucken, dann wird sein Blick jedoch ernst. Er räuspert sich.

„Erstens: Ich bin wirklich froh, dass wir unsere Treffen - wenn du es möchtest - fortführen können, ohne dass ich mich dafür in einen *Rund-um-die-Uhr-Dom* verwandeln muss. Das liegt mir echt nicht. Und zweitens", er stellt die Gläser auf den Boden und deutet auf den nun leeren Tisch, „will ich, dass du dich jetzt ausziehst und dich dann hier auf den Tisch legst. Den Kopf nach da, „er zeigt auf die Wandseite," und deine Beine in Richtung Geländer. Und dann will ich sehen, ob du mich auch nicht angelogen hast."

Völlig überrumpelt glotze ich ihn an tue aber, was er verlangt hat. Die leichte Abendbrise lässt mich erschauern. Oder ist es die Situation? Er schiebt mir ein Kissen unter den Kopf, ein weiteres unter meinen Hintern.

„Du legst jetzt zwei Finger auf deinen Kitzler und während ich unseren gestrigen Nachmittag noch einmal Stück für Stück mit dir durchgehe, tust du, was du gestern Abend auch getan hast. Verstanden?"

Ich nicke, lege meine Finger an die verlangt Stelle und warte.

„Ich will dass du dir jetzt vorstellst, wie wir uns im Café et thé gegenübersitzen und uns unterhalten. Diese seltsame Kellnerin kommt an unserem Tisch vorbei und fragt: „Ob it noch watt sein darf!", er imitiert die Kellnerin wirklich gut und ich muss mich echt zusammenreißen, um nicht zu lachen.

„Mir bestelle ich noch einen Minztee, du bekommst nichts. Ich finde, du hattest genug Tee." Er macht eine Pause und beobachtet mich.

„Aber ...", will ich widersprechen, denn das ist nicht passiert.

„Schsch ... meine Geschichte, du hörst zu und kümmerst dich um deine Spalte."

Langsam beginne ich an mir herumzuspielen, aber wirklich erregt bin ich bisher nicht.

„Ich schicke dich auf die Herrentoilette und erkläre dir, wie du dort auf mich warten sollst."

Ich schließe meine Augen und hole mir die Bilder des gestrigen Abends in mein Gedächtnis zurück. Wie ich ungläubig zu den Waschräumen gehe und an der Tür lausche in der Hoffnung, dass die Räume leer sind. Mein Kitzler schwillt an und ich erhöhe den Druck.

„Du gehst rein und schleichst dich wie ich es wollte in die letzte Kabine. Es riecht nach Klostein und Urin. Was fühlst du?"

Erwartet er jetzt wirklich eine Antwort? Ich kann darüber nicht laut reden.

„Ich war schließlich nicht dabei, du musst mir da schon helfen. Also bitte, verrate mir, was du gefühlt hast, während du auf mich gewartet und dich ausgezogen hast."

Ich zögere, doch schließlich sage ich leise: „Ich war aufgeregt. Ich wusste nicht, ob du wirklich kommst, und was du dann vorhast."

„Was dachtest du denn, was ich vorhabe?"

Ich schweige peinlich berührt.

„Hast du dir vorgestellt, dass ich dir deinen kleinen prallen Hintern versohle? Oder doch eher, dass ich genüsslich meine Finger in deiner Spalte versenke? Oder womöglich hast du ja auch gedacht, dass ich dich ganz simpel und einfach nur kurz durchficke."

Inzwischen bin ich richtig feucht. Meine Finger reiben hart und schnell über meine Klitoris.

„Warst du enttäuscht, dass ich dich nur mit meinem Gürtel geschlagen habe, ohne dich zu ficken?"

„Nein", keuche ich und hole mir derweil das Gefühl des glatten Leders seines Gürtels auf meiner Haut zurück. Meine Finger zwirbeln an meinem Kitzler hin und her und ich beuge mich ihnen entgegen.

„Fühlst du den Gürtel? Hörst du, wie er klatscht, wenn er auf deine Backen nieder saust?"

„Ja", ich stöhne und bin kurz davor.

„Na los, bring es zu Ende", flüstert er ganz dicht an meinem Ohr. „Lass mich sehen, wie du kommst. Denk an den Schmerz und die Lust die er dir bereitet", haucht er noch, während meine Finger mich schneller und schneller reiben, bis schließlich kleine Lichtblitze durch meinen Kopf sausen und ich mich laut stöhnend einem wahnsinnigem Orgasmus entgegen recke. Erschöpft sacke ich auf dem Tisch zusammen. Unter uns kann ich den für Berlin so typischen nächtlichen Lärm hören. Diese Mischung aus fahrenden Autos, brummenden Bussen, lachenden Menschen, die hier und heute noch durch mein Stöhnen ergänzt wurde. Kurz hoffe ich noch, dass A schwerhörige Nachbarn hat, dann döse ich weg. Sein leise geflüstertes: „Du bist unglaublich schön, wenn du kommst" höre ich nicht mehr …

Als ich wach werde, brauche ich einige Sekunden, bis ich realisiere, wo ich bin: Es ist das Bett von A. Der liegt schlafend neben mir und ich kann nicht anders, als ihn in aller Ruhe zu betrachten. Seine braunen Haare sind ganz verstrubbelt, ein Bein schaut zur Hälfte unter der Decke hervor und seine Arme sind über den Kopf gestreckt, sodass seine Fingerspitzen die Metallstäbe des Bettes berühren. Ich muss schmunzeln, weil er mich so schlafend irgendwie an einen Hundewelpen erinnert. Plötzlich regt er sich.

„Beobachtest du mich schon lange?", er blinzelt mich aus verschlafenen Augen an.

Ich schüttel verlegen meinen Kopf. „Kann ich auf die Toilette?",
frage ich leise.
A schaut mich erstaunt an. „Natürlich, warum denn nicht. Du
weißt ja, wo sie ist."
„T'schuldige. Ich durfte früher nie … also nicht ohne zu fragen
…" Ich stehe auf und bemerke, dass ich komplett nackt bin. Natür-
lich, so bin ich gestern ja auch auf dem Balkon eingeschlafen.
Kurz zögere ich, weil ich eigentlich nicht so splitterfasernackt vor
A durch die Gegend hüpfen will, aber dann denke ich, wie dämlich
das ist, nachdem ich mich gestern Abend nackt vor ihm auf dem
Tisch geräkelt habe. Also gibt es im Grunde nichts, was er nicht
schon gesehen hätte. Dennoch fühlt es sich seltsam an …
A beobachtet mich und wirkt reichlich amüsiert. „Ich kann förmlich hören, wie du gerade mit dir selbst diskutierst, ob du so nackt
zur Toilette gehen sollst, oder nicht."
Ich finde mich ja selbst albern. Aber so bin ich eben. Immer reißt
irgendein Gedanke an mir.
„Findest du mich albern?", frage ich verunsichert?
Er schweigt für einen Moment, dann sagt er: „Nein. Gestern
Abend habe ich dir gesagt, dass du dich ausziehen sollst. Ich habe
dich - wie hast du es genannt? - von der Leiter geschubst und es
von dir erwartet. Jetzt gerade weißt du nicht einmal, auf welcher
Sprosse der Leiter du dich gerade befindest. Denn ansonsten hättest du gar nicht erst gefragt, ob du überhaupt zum Klo gehen
darfst. Wie lange warst du mit deinem letzten Dom zusammen?",
fragt er wobei seine Finger Anführungszeichen beim Wort *zusammen* in die Luft malen.
„Über ein halbes Jahr."
Er nickt. „Da kann man jemanden schon ordentlich umerziehen,
wenn man es will." Er greift in die Schublade einer Kommode, die
direkt neben seinem Bett steht und wirft mir dann ein riesiges T-
Shirt zu. „Zieh das einfach über, ich denke dann wirst du dich besser fühlen."

Ich schlüpfe in das Shirt und muss schmunzeln. Das Shirt ist eines dieser T-Shirts, auf denen ein Körper aufgedruckt ist, sodass der eigene Kopf dazu passt. „Wonder Woman? Im Ernst?“
„Was hast du gegen Wonder Woman? Sie ist eine starke, beinahe unbesiegbare Frau.“
„Hm, heißt es nicht, dass Wonder Woman ihre Kräfte verliert, wenn sie von einem Mann gefesselt wird?“
Er zuckt verschmitzt lächelnd mit den Schultern. „Womöglich ist sie auch nur deswegen meine Lieblingsheldin …“

Zurück im Schlafzimmer erwartet mich A bereits. Nur mit einer Boxershorts bekleidet steht er neben dem Bett. Unschlüssig, was ich nun tun soll, bleibe ich im Türrahmen stehen.
„Komm zu mir!“
Er hat recht, ich erkenne sofort, dass er gerade dabei ist, mich wieder von der Leiter zu schubsen. Woran? Ich mustere ihn so genau es geht, während ich zu ihm rüber gehe. Seine Haare sind noch immer verwuschelt, sein Blick nicht übermäßig streng. Aber irgendetwas an seiner Ausstrahlung hat sich verändert. Ich kann förmlich spüren, dass er das Machtgefälle gerade verschiebt. Als ich direkt vor ihm stehe legt er mir eine Augenbinde an, dann führt er mich blind einige Schritte weiter. Ich höre, wie sich eine Schranktür öffnet und bin gespannt, was für ein Spielzeug er daraus hervorzaubern wird. Wird es eine Gerte, eine Peitsche …
Doch es kommt erst einmal nichts. Er schiebt mich lediglich weiter und ich bin mir sicher, dass ich gleich gegen die Schrankwand laufe. Doch das passiert nicht. Stattdessen geht es problemlos noch fünf Schritte weiter, bis er schließlich anhält.
„Dreh dich ein wenig um“, er dreht mich, sodass ich jetzt mit dem Gesicht zu ihm stehe.
„Jetzt vorsichtig einen Schritt zurück. Stopp! Genauso.“
Ich fühle, wie er Seile um meine Fußgelenke bindet. Dann zieht er mir das T-Shirt aus.

„Ich fürchte, durch die Seile ist Wonder Woman ab jetzt völlig machtlos", säuselt er noch in mein Ohr, dann fesselt er meine Handgelenke und zieht anschließend alle Seile solange straff, bis ich wie ein großes X dastehe.

„Geht es dir gut?", höre ich ihn neben mir und ich nicke. Mir fällt auf, dass er anscheinend vor jeder größeren Aktion erst fragt, ob alles Okay ist. „Seltsam", denke ich. „Aber irgendwie auch schön."

Seine Hand legt sich auf meine Brust. Seine Finger umkreisen meine Brustwarzen, bis sie steinhart sind. Dann schnappt er sich meine Nippel und drückt sie mehrmals kurz aber fest zusammen. Wellen aus pulsierendem Schmerz durchfluten augenblicklich meine Brüste. Während eine Hand weiter abwechselnd meine Nippel quält, wandern die Finger seiner anderen Hand zu meinem Lustzentrum und beginnen dort ein lustvolles Spiel. Ich genieße, seine Berührungen, schiebe mein Becken seinen Fingern fordernd entgegen, was er jedoch mit einem Schlag zwischen meine Beine sofort unterbindet.

„Oh nein, so einfach mache ich es dir ganz sicher nicht."

Er nimmt seine Hände von mir und lässt mich einfach stehen. Ich höre, wie er sich bewegt. Ein nervöses Kribbeln fährt durch meinen Körper. Plötzlich ist er wieder direkt bei mir und bindet mir eine Art Gürtel um die Taille von dem er ein breites Band zwischen meinen Schenkel hindurch führt. Er hat mir faktisch einen Slip angezogen, ohne mich dafür losbinden zu müssen. Penibel rückt er das Höschen zurecht, bis es hauteng zwischen meinen Beinen sitzt und leicht auf meine Scham drückt.

Dann tritt er hinter mich und streichelt zwei- dreimal sanft über meine Pobacken, bevor er mit einer Neunschwänzigen Katze zuschlägt. Erst relativ leicht, doch seine Schläge steigern sich stetig, bis sie irgendwann eine Intensität erreicht haben, die mich aufschreien lässt. Fast zeitgleich setzt ein Kribbeln in meinem Höschen ein. Ein äußerst angenehmes Kribbeln. Die Schmerzen auf meinem Hintern klingen langsam ab und ich konzentriere mich ganz auf das wundervolle Kribbeln. Meine Perle schwillt an und meine Nippel sind auch wieder hart. Lange lässt A mich diesen Zustand leider nicht genießen. Das Kribbeln ebbt ab und die Neunschwänzige beginnt erneut sich in meine Haut zu beißen. Dann setzt plötzlich das Kribbeln wieder ein und lässt meine Lustgrotte pulsieren.

Immer wieder wechselt A zwischen Schlägen und Stimulation, wobei er stets darauf achtet mich immer nur bis kurz vor den erlösenden Höhepunkt zu bringen. Irgendwann lassen meine Kräfte nach. Ich bin nassgeschwitzt und völlig erschöpft.

Völlig unerwartet bindet A mich los und legt mich auf eine weiche Liege. Dort nimmt er mir die Augenbinde ab. Als sich meine Augen an das dämmrige Licht gewöhnt haben schaue ich zu ihm auf.

„Hast du Durst? Möchtest du ein Wasser?"

Ich nicke und staune ein weiteres Mal, wie fürsorglich A ist. Alles ist so anders, als bei V. Während A ein Wasser holt, schaue ich mir den Raum näher an. Das Herzstück ist eindeutig der große Metallrahmen, in dem ich gerade noch eingespannt war. Der Rahmen kann offensichtlich auch als Käfigzelle genutzt werden, denn er ist an drei Seiten mit Gitterstäben geschlossen und das fehlende vierte Teil steht neben dem Käfig parat. An der Wand neben dem Käfig ist eine ganze Reihe verschiedenster Seile aufgehängt. Lange, kurze, dicke, dünne … direkt daneben hängen dann auch schon diverse Schlaginstrumente. Es ist wirklich alles vertreten, womit man jemanden schlagen kann. Von der doch recht gängigen Reitgerte bis zu einem Stock, aus dem tatsächlich Dornen heraustehen. Ich bete inständig, dass A weiß, dass das ganz sicher zu viel für mich wäre. An der Wand mir gegenüber steht eine Vitrine, die aussieht, als würde sie den Inhalt eines kompletten Sex-Shops beherbergen. Ich erkenne verschiedene Dildos, Vibratoren, Klemmen und Klammern und eine menge Zeug, von dem ich keine Ahnung habe, wozu man es gebrauchen kann. Neben der Vitrine hängen an einer Kleiderstange einige Klamotten und ich glaube, auch eine Atemreduktionsmaske zu erkennen. Und dann ist da noch dieser Stuhl, der zwar etwas anders aufgebaut ist, mich aber dennoch an meinen letzten Gynäkologenbesuch erinnert. Alles in allem ist dieser Raum für so gut wie alle S/M Varianten ausgestattet.

A hält mir eine Art Schnabeltasse vor den Mund.

„Ich hätte mich auch einfach hinsetzten können", sage ich und betrachte den Becher skeptisch.

„Mir gefällt es so besser", antwortet er kurz angebunden und ich merke, dass das Thema damit auch beendet ist. Ich nehme einen Schluck aus dem hässlichen Becher und merke erst jetzt, wie trocken meine Kehle ist. Er stellt den Becher zur Seite und dann fängt es auch schon wieder zu Kribbeln an. Erst versuche ich mich gegen die erneut aufkommende Lust zu wehren, aber natürlich ist das sinnlos. A erhöht die Intensität. Ich schließe meine Augen und stöhne leise auf.

„Lass die Augen auf und sieh mich an."

Ich gehorche und schaue vorsichtig nach oben. A erhöht die Vibration ein weiteres Mal und mein Stöhnen ist nun laut und deutlich zu hören. Meine Grotte ist kurz vor der erlösenden Explosion doch wie zuvor regelt A die Intensität wieder hinab. Ich murre enttäuscht und winde mich unruhig hin und her. Mein kläglicher Versuch mich selbst weiter zu reiben und mir so alleine zu der ersehnten Erlösung zu verhelfen amüsiert A. Er lacht kurz auf, dann startet er das Kribbeln und greift nach meiner Hand.

„Fass meinen Schwanz an an und massiere mich. Wenn ich komme, lass ich dich auch kommen. Es liegt also allein in deiner *Hand*", er lacht verschmitzt, „wie lange du noch auf deinen Orgasmus warten musst."

Ich stehe kurz vor einem Höhepunkt, doch A scheint genau zu wissen, wie er dieses miese kleine Gerät in meiner Hose steuern muss, um mich kurz davor regelrecht verhungern zu lassen. Abwartend sieht er mich an. Sein Schwanz steht prall und bereit direkt vor meinem Gesicht.

Wahnsinnig vor Lust greife ich gierig nach ihm und beginne eifrig ihn zu massieren. Nun ist es A der leise aufkeucht. Ich packe ihn fester und reibe ihn schneller im selben Atemzug merke ich, dass auch A meinem kleinen Hosenkribbler noch einmal mehr Power gibt. Ich schwitze und stöhne. Massiere ihn wie eine Irre, damit er bloß bitte schnell kommt. Nur wenige Sekunden später ist es dann endlich soweit. Ich spüre, wie er sich erst kurz verkrampft, bevor er sich dann unter lautem Stöhnen und Keuchen auf meine Brüste entlädt und mir beinahe gleichzeitig auch meinen finalen Stoß verpasst. Erschöpft schließe ich die Augen und ringe nach Luft. A scheint es nicht viel besser zu gehen. Schnaufend lässt er sich neben mir auf der Liege nieder und schaut mich stirnrunzelnd an.

„Himmel, was machst du bloß mit mir?", keucht er zwischen zwei schweren Atemzügen.

Ich schweige. Erstens, weil ich erschöpft bin und zweitens, weil ich keine Ahnung habe, was er meint. Ich werde ja ganz sicher nicht seine erste sub sein. Das Zimmer spricht da jedenfalls eine andere Sprache.

Ich spüre, wie er aufsteht. Vermutlich sollte ich auch aufstehen, doch ich fühle mich gerade so leicht und so vollkommen zufrieden, dass ich einfach nur in diesem Raum liegen bleiben will.

Er hebt mich sanft hoch, schiebt einen dicken Vorhang zur Seite und ich staune dann doch nicht schlecht, dass wir aus dem Wandschrank herauskommen.

Jetzt ruht mein Kopf auf seinem Arm und ich verspüre eine Innigkeit, wie ich sie seit ewigen Zeiten nicht mehr verspürt habe. Ich denke: „Er hat recht, ich bin, wie ich bin. Und ich liebe es nun einmal geschlagen und erniedrigt zu werden."

Zärtlich streichelt er meine Wange und schaut mich an. Dann wandern seine Finger meinen Hals hinunter, streichen sanft über meine

Brüste, ziehen Kreise um meinen Bauchnabel und finden schließlich meine Spalte. Seine Berührungen sind so leicht, wie ein Schmetterling. Spielerisch streichelt er meine Schamlippen, tippt meinen Kitzler an und wandert anschließend zurück zu meinen Brüsten. Ich genieße jede seiner Berührungen und lasse meine Finger ebenfalls auf Entdeckungstour gehen. Ich streife durch sein Haar, ziehe die Linien seiner Muskeln nach und berühre ihn ebenfalls nur ganz leicht an seinen intimen Stellen. Ich registriere, wie seine Hoden zucken und sein Schwanz durch meine Bewegungen zu neuem Leben erweckt wird. Ich muss grinsen, weil ich nicht damit gerechnet hätte, dass er so schnell wieder fit ist.

„Und was amüsiert dich jetzt bitte so?“, fragt er und zwickt mich neckend in die Brustwarze.

„Uh“, entfährt es mir und es klingt eher nach einem lustvollen Stöhnen, als nach einem Schmerzensaufschrei. „Ich bewundere einfach deine Fitness“, sage ich und blicke bedeutungsschwanger zu seinem Schwanz.

Zielstrebig führt er seine Finger zu meiner Spalte zurück und präsentiert mir mit einem spitzbübischen Lächeln seinen Finger, der unübersehbar feucht ist.

Ich seufze gespielt theatralisch und sage: „Ertappt. Und was nun Sherlock Holmes?“

„Nun …“ er schwingt sich zwischen meine Beine und spreizt sie ein gutes Stück auseinander, „nun werden wir einfach nur ficken.“

Er schiebt sich tief in mich hinein und gemeinsam stoßen wir uns einem weiteren Höhepunkt entgegen.

Tränen kullern über mein Gesicht.

„Warum weinst du?“, fragt mich A und ich höre, dass er wirklich besorgt ist.

„Weil du tatsächlich mit mir geschlafen hast. Du hast einfach ganz *normal* mit mir geschlafen.“

„Und das war so schlecht, dass du weinen musst?“

„Im Gegenteil. Es ist etwas, das ich so noch nie erlebt, mir aber schon sehr lange gewünscht habe."
A runzelt die Stirn, sagt aber nichts weiter, wofür ich ihm unendlich dankbar bin.

Irgendwann ziehen wir uns an. Mein Hintern ist dort, wo A mir Striemen verpasst hat noch immer heiß und ich liebe es. Unweigerlich fällt mein Blick auf die Schranktür, die nun wieder verschlossen ist und völlig unschuldig aussieht. „Es ist wie in Narnia", murmel ich und erinnere mich an den Film, in dem man durch einen Schrank in eine andere Welt gelangt.
„Ich dachte bei der Gestaltung eigentlich eher an die TARDIS von Doktor Who. Ist irgendwie männlicher", er spannt seine Oberarme an und posiert wie bei einem Bodybuilding Wettkampf."
Ich lache und überlege kurz, dann nicke ich. „Von mir aus, das passt auch."
„Und wer weiß", fügt er schief lächelnd hinzu, „wohin uns meine Raum-Zeit-Maschine beim nächsten Mal bringt" …

Zwei Tage später bin ich auf dem Weg zur Arbeit. An einem Comic- und Animeladen stoppe ich erstaunt. Mein Blick fällt auf ein goldenes Lasso. Wonder Womans Lasso. Ich muss schmunzeln, gehe hinein und verlasse den Laden wenige Minuten später bepackt mit einer bunten Papiertüte.

Ich treffe A am nächsten Abend. Wir wollen thailändisch kochen. Er behauptet steif und fest, dass sein Pad Thai das von meinem Lieblingsthailänder ganz sicher um Längen schlagen kann. Immerhin hätte er über ein Jahr in Thailand gelebt, bevor er letztes Jahr nach Berlin zurückgezogen ist.
Der Fahrstuhl ist auf dem Weg nach oben und ich hole das Lasso aus meiner Tasche und zupfe mein Outfit zurecht. Ich drücke auf den Klingelknopf und stelle mich in Pose. Als A öffnet lasse ich

das Lasso elegant nach vorne schnellen und ein knarzendes „*Patsching*" ertönt. A schaut mich irritiert an. „Patsching" Ich schwinge mein Lasso noch einmal und grinse A breit an.

„Was soll das sein?"

Ich simuliere eine Kampfpose und entrolle mein Lasso ein drittes Mal. „Ich bin Wonder Woman."

A zieht seine Stirn in Falten und sagt: „Nein."

„Klar, hätte ich sonst dieses goldene Lasso?" „*Patsching*"

Er zieht mich in seine Wohnung und betrachtet mein Mitbringsel skeptisch. Und dieses Teil soll deiner Meinung nach das Lasso von Wonder Woman darstellen?"

„Hey", ich knuffe ihn in den Oberarm. „Das ist ein original Merchandise", entrüste ich mich. „*Patsching*"

„Das klingt so schrecklich."

„Findest du?" „*Patsching*"

„Hör auf das Ding zu schwingen."

„Warum?" „*Patsching*"

„Weil keine Peitsche der Welt so grausam klingt."

„Mag sein, aber das hier ist ja auch ein Lasso", kontere ich und will das Teil gerade ein weiteres Mal durch die Luft schwingen lassen, als A blitzschnell nach meiner Hand greift und das Lasso stoppt, bevor es ein Geräusch machen kann.

„Ich sagte doch, du sollst das lassen!", seine Stimme ist eindeutig auf dem Weg in den Dom-Modus.

„Ach komm schon, dass ist doch lustig."

„Du findest das Geräusch also lustig?" Er schaut mich an.

„Du nicht?"

„Nein … aber ich kann dir gerne zeigen, welches Geräusch ich lustig finde …" Er reißt mir das goldene Lasso aus der Hand und im Handumdrehen hat er mich gepackt und schleppt mich in sein Spielzimmer hinter dem Schrank. Dort bindet er mich straff in dem Metallrahmen fest und holt sich dann eine Bullenpeitsche.

„Das meine liebe Lena ist eine Peitsche." Er lässt die Peitsche durch die Luft sausen und es gibt einen lauten Knall. Ich zucke zusammen. Langsam kommt er auf mich zu. „Und weißt du, wie sie noch schöner klingt?"

Ich schüttel voller Angst und böser Vorahnung den Kopf.

„Wenn sie auf einen Körper trifft", sagt er und stellt sich hinter mir auf. „Drei", höre ich ihn flüstern. Nur Sekunden später durchfährt mich ein Schmerz, der mit nichts, was ich bisher erlebt habe zu vergleichen ist. Ich schreie laut auf und winde mich so weit es eben geht in meinen Fesseln. „Zack" Ein weiteres Mal bohrt sich das Leder in meinen Körper. Tränen schießen aus meinen Augen und ich winsel ihn an: „Hör auf, bitte."

„Ich sagte drei." Er holt aus und trifft mich erneut. Ich schreie, winde mich, weine und lasse mich kraftlos in die Fesseln fallen. Sofort ist A bei mir, macht mich los und legt mich bäuchlings auf die Liege. Dann kramt er eine Tube Gel aus einer Schublade und reibt es vorsichtig auf meine wunden Stellen.

„Das kühlt und desinfiziert auch", seine Stimme ist ganz sanft.

„Wieso soll es desinfizieren?", krächze ich schlapp.

„Der letzte Hieb hat deine Haut ein wenig in Mitleidenschaft gezogen. Aber nicht wirklich tief", beeilt er sich mich zu beruhigen. „Es blutet nicht einmal richtig"

„Na da bin ich aber beruhigt", gebe ich sarkastisch zurück.

„Deiner Stimme entnehme ich, dass es dir schon wieder besser geht", er schmunzelt und sieht irgendwie erleichtert aus.

„Ein Dom, der sich wegen eines Kratzers solche Sorgen macht … seltsam …", denke ich und drehe mich zu ihm um. Nachdenklich betrachtet er mich.

„Ich hätte dich vorher vorbereiten sollen, dann wäre das vermutlich nicht passiert. Aber du hast mich mit diesem lausigen Lasso so in Rage gebracht …"

Ich muss grinsen. „Ich mag mein Lasso."

„Und ich mag das Outfit“, er mustert mein knappes Kostüm, „Aber dieses Geräusch … im Ernst, wer hat das ausgesucht? Das klingt wie eine alte Registrierkasse …“ Er schüttelt angewidert den Kopf und ich muss bei dem Vergleich lachen. „Das wäre doch mal was, Wonder Woman und ihre magische Registrierkasse.“

„Sollen wir in die Küche gehen und das Pad Thai kochen? So wie der Abend eigentlich geplant war?“, fragt er und schaut mir tief in die Augen.

Ich nicke. „Obwohl ich mich in diesem Raum sehr wohl fühle“, sage ich und lasse meinen Blick über all die Spielzeuge und Geräte schweifen.

„Das höre ich gern, denn ich bin mir sicher, dass du in Zukunft noch sehr viel Zeit hier verbringen wirst.“

Es ist das erste Treffen mit G, seit ich mit A zusammen bin. Ich bin froh endlich mit jemanden, der S/M versteht darüber reden zu können, und gleichzeitig aber auch schrecklich nervös.

Mit zehnminütiger Verspätung betrete ich unseren Lieblingsitaliener. G sitzt bereits mit einem Glas Rotwein an dem üblichen Tisch. Ich eile zu ihm herüber und gleite auf den Stuhl ihm gegenüber. G zieht eine Augenbraue nach oben, deutet demonstrativ auf eine Wanduhr hinter mir und schaut mich dabei finster an. „Du bist zu spät.“, seine Stimme ist ruhig, aber ich kann den gefährlichen Unterton dennoch hören. So, kann ich ihn mir problemlos als konsequenten Dom vorstellen.

„Ich weiß. Kein Grund den Dom raushängen zu lassen.“

„Du gönnst mir aber auch nichts.“ Er lacht und klingt jetzt eher nach schmollendem Kind, als nach hartem Dom. „Du siehst gut aus.“ Er mustert mich. „Irgendwie so tiefenentspannt.“

Ich muss grinsen. „Schätze, das bin ich auch. Ich habe einen dominanten Mann kennengelernt“, sprudelt es aus mir heraus.

G sieht mich leicht irritiert an. „Wann und wo?“

„Vor ein paar Wochen. In einem Internetforum“, gebe ich Auskunft.

Der Kellner kommt um unsere Bestellungen aufzunehmen. Kaum ist er wieder weg bombardiert G mich weiter. „Wolltest du nicht nie wieder in einem S/M Forum unterwegs sein? Hast du dich beim ersten Treffen wenigstens covern lassen? Ist das jetzt dein fester Dom? …“

„Stopp!“, unterbreche ich ihn. Wie wäre es, wenn ich dir einfach erzähle, was passiert ist?“

Er lächelt mich entschuldigend an. „Klar, das ist vermutlich besser.“

Also berichte ich ihm von dem seltsamen ersten Chat und unseren Treffen im Café et thé. Als ich G von der Sache mit dem zerschmissenen Glas erzähle runzelt er die Stirn, sagt aber vorerst nichts. Bei den intimen Stellen zögere ich kurz. Dann erinnere ich mich aber daran, wie G mich völlig nackt als sein Hündchen durch den Garten von V Gassi geführt hat und verwerfe meine Scham. „Das ist G. Dein Freund und Mentor. Ein erfahrener Dom, der vermutlich schon so gut wie alles gesehen oder zumindest gehört hat“, denke ich, dann berichte ich ihm auch von unseren anderen Aktivitäten. Natürlich nicht bis ins kleinste Detail, aber doch genug, damit G sich ein Bild von unserer Beziehung machen kann.

Gerade, als ich meine Geschichte beendet habe, kommen unsere Spaghetti Carbonara. Schweigend beginnen wir zu essen. Ich kann sehen, wie G meine Geschichte verarbeitet. Schließlich sagt er zwischen zwei Happen. „Hast du auch ein Foto von ihm?“

Ich ziehe mein Telefon aus meiner Tasche und suche nach den Bildern, die ich letzte Woche bei einem Spaziergang von ihm gemacht habe.

Ich halte G das passende Bild vor die Nase und er verschluckt sich beinahe an den Nudeln in seinem Mund.

„Was ist?“, ich starre G ängstlich an.

„Da hast du ja mal einen Fang gemacht.“

„Wie meinst du das? Findest du ihn hässlich? Oder kennst du ihn etwa? Ist das wieder so ein Arsch?", ich höre, wie panisch meine Stimme plötzlich klingt.

„Beruhige dich. Ich finde ihn weder hässlich, noch denke ich, dass er ein Arsch ist."

„Aber du kennst ihn?"

G kaut eindeutig zu lange an seinen Spaghetti herum. Ich schaue ihn eindringlich an.

„Ja, ich kenne ihn", gibt er irgendwann leise zu.

„Und warum bist du so komisch? Was hältst du von ihm"

Er überlegt einen Moment.

„Ich halte ihn für einen sehr verantwortungsvollen Dom." Mehr sagt er nicht.

„Ich muss also nicht aufpassen?"

„Lena Hase, man muss im Leben *immer* aufpassen. Vor allem als sub …"

Wir essen unsere Carbonara auf und G verliert kein weiteres Wort über A egal wie sehr ich ihn auch löchere.

„Teilen wir uns noch eine Portion Panna Cotta?", frage ich und er nickt nur stumm. Die Tatsache, dass ich mich mit A treffe, scheint ihn schwer zu beschäftigen. Irgendwann fragt er völlig überraschend: „Wie wäre es, wenn ihr nächsten Monat zu meiner Ausstellung kommt?" Als er sieht, wie ich ihn ungläubig anstarre fügt er eilig hinzu. „Die ist in einer kleinen Galerie in Potsdam. Nicht bei V."

„Ich weiß nicht …"

G bemerkt mein Zögern.

„Weder V noch sein sonst immer so kunstinteressiert tuender enger Freundeskreis werden da sein", ergänzt er seine Einladung. Ich runzel die Stirn. „Ich dachte *du* bist sein engster Freundeskreis."

„Äh, nicht mehr seit einem gewissen Abend in Brandenburg. Er hält mich jetzt mehr denn je für ein Weichei." G grinst.

„Autsch! Das tut mir leid."

G zuckt gelassen mit den Schultern: „Mir nicht. Ich würde immer wieder so handeln."

„Weil du ein guter und verantwortungsvoller Dom bist." Ich lächel ihn an und füge dann hinzu: „Für A kann ich natürlich nicht sprechen, aber ich werde auf jeden Fall zu deiner Ausstellung kommen."

„Schön", er lächelt mich herzlich an. „Aber vielleicht ist es besser, wenn du A nicht direkt sagst, dass ich dort ausstelle."

Ich sehe ihn fragend an. „Was ist das bitte mit euch beiden? Du kennst ihn, aber es scheint nicht gerade eine Freundschaft zu sein. Dennoch lädst du uns beide ein? Ich verstehe das nicht."

„Sagen wir es einfach so: Ja, wir kennen uns. Nein, Freunde waren wir nie, aber wir hassen uns auch nicht wirklich. Jedenfalls nicht, dass ich wüsste. Aber vor allem möchte ich sehen, wie dein neuer Herr so mit dir umgeht."

Wir betreten den kleinen Ausstellungsraum und ich staune nicht schlecht, wie viele Menschen sich hier versammelt haben. Auch A scheint das aufzufallen.

„Dein Freund scheint kein Unbekannter in der Berliner Kunstszene zu sein. Hier ist fast alles, was Rang und Namen hat."

Ich schaue ihn verwundert an. „Ich wusste gar nicht, dass du so ein Kenner der Berliner Kunstszene bist."

„Du weißt doch, ich habe viele unentdeckte Geheimnisse …" Er zwinkert mir zu.

Ich suche die Menge nach G ab und finde ihn schließlich ein paar Meter von uns entfernt. Er steht mit dem Rücken zu uns und diskutiert angeregt mit zwei älteren Damen in hochgeschlossenen Tweed Kostümen. Anscheinend geht es um die Farbkomposition von einem seiner Bilder,

„Oha, sogar die Nolte-Schwestern sind hier", A pfeift anerkennend durch die Zähne und ich schaue ihn verständnislos an. „Wer um alles in der Welt sind die Nolte-Schwestern?"

„Zwei sehr gut situierte Damen aus dem Grunewald mit einer Vorliebe für moderne Kunst. Ihre Villa gleicht einem Museum."

Ich starre ihn ungläubig an. „Du verarscht mich doch!"

„Wieso sollte ich. Ich frage mich allerdings, wieso du mich zu dieser Ausstellung schleppst, wenn du doch offensichtlich nicht die geringste Ahnung von Kunst hast." Er schaut mich schief an.

„Weil der Künstler ein Freund von mir ist. Das habe ich dir doch gesagt."

„Und wo steckt dein ominöser Freund?"

„An ihm ist nichts ominös." Ich grinse ihn an. „Er ist der Mann, mit dem sich deine Nolte-Schwestern so intensiv unterhalten."

Als hätte G gespürt, dass wir über ihn reden, dreht er sich genau in diesem Augenblick zu uns um. Während ich ihm freundlich zuwinke, scheint A förmlich zu versteinern und G sieht ehrlich gesagt auch eher angespannt, als freudig begeistert aus. Dennoch verabschiedet er sich höflich von den Schwestern und kommt langsam zu uns herüber..

„Lena, ich freue mich wirklich dich zu sehen", er umarmt mich herzlich und schaut dann zu A. „Schön auch dich nach so langer Zeit einmal wieder zu sehen." Er reicht A seine Hand, doch der steht noch immer stocksteif neben mir und beginnt den Ausstellungsraum abzusuchen.

„Keiner von ihnen ist hier", sagt G und hält A noch immer seine Hand hin. Doch der behält seine Hände demonstrativ in seinen Hosentaschen und so zieht auch G seine Hand schließlich zurück.

A sieht mich vorwurfsvoll an. „Du hättest mir sagen müssen, wo du mich hier hinschleifst", seine Stimme ist eisig.

„Zu der Ausstellung von einem guten Freund von mir. Das habe ich dir gesagt. Ich konnte ja nicht ahnen, dass ihr euch anscheinend kennt." Das war natürlich ein wenig gelogen. Schließlich hat G mir ja ziemlich deutlich klar gemacht, dass er A kennt.

„Wieso sind die anderen nicht hier?", er mustert G aufmerksam. Der zuckt nur mit den Schultern und sagt vage: „Ist das nicht unwichtig für dich?"

A schnalzt amüsiert mit der Zunge. „Dann stimmt es also tatsächlich, was die Spatzen von den Berliner Dächern pfeifen."

„Was pfeifen sie denn?", fragt G und klingt dabei ahnungsloser, als er es vermutlich ist.

„Dass du V ein Mädchen auf einer sehr, sehr exquisiten Veranstaltung der hochverehrten Lady Amalia ... na sagen wir *geklaut* haben sollst. Worüber weder er, noch seine exklusiven Freunde sehr amüsiert gewesen sein sollen."

Ich starre G verdutzt an. Davon habe ich nichts gewusst. „Natürlich nicht", denke ich, „du bist monatelang nicht in der S/M Szene unterwegs gewesen und hast stattdessen Romcoms mit deinen Normalo-Freunden geschaut und so getan, als wäre das dein Leben."

„Ich habe sie ihm nicht geklaut", erwidert G ruhig. „Nein, er hat mich gerettet", will ich schreien und G in Schutz nehmen, aber G schaut mich eindringlich an und ich verstehe, dass ich schweigen soll. Obwohl ich nicht weiß, warum, tue ich es und schaue mir diesen Hahnenkampf stattdessen weiter nur von der Seitenlinie aus an. Das ist eindeutig eine Abgelegenheit, die auch auf einer Dom-Ebene stattfindet und da habe ich nicht viel verloren.

„Du sollst sie ohne Vs Wissen aus der Villa gebracht haben ... mitten in einer Session ... eine Todsünde." A schaut G fragend an. Der nickt „Das stimmt. Ich habe sie weggebracht ... aus Gründen ..." G hält As Blick problemlos stand. Der beginnt plötzlich leicht zu grinsen. „Verdammt, da wäre ich gerne dabei gewesen. V muss ausgerastet sein."

„Das habe ich auch gehört", bestätigt G und grinst nun ebenfalls.

„Dann haben sie dich rausgeworfen, nehme ich an?"

„Vermutlich hätten sie das, wenn ich mich nicht selbst seit diesem Abend nicht mehr bei irgendeinem von ihnen gemeldet hätte.“

„Ein harter Schritt. Es wird kein Zurück mehr für dich geben. Nicht nach so einer Nummer. Du kennst ihre Regeln.“

G zuckt mit den Schultern und sieht unauffällig kurz in meine Richtung. „Ach, du weißt doch, dass sie mich eh schon immer als zu weich abgestempelt haben. Mein Verlust hält sich also in Grenzen. Und ich würde es jeder Zeit genauso wieder machen.“

Ich lächel ihn dankbar an.

A mustert G von Oben bis Unten. Fast, als wolle er kontrollieren, ob G auch die Wahrheit gesagt hat, dann nickt er. „Geht es dem Mädchen gut? Wie weit war V?“, will A nun wissen und klingt dabei irgendwie besorgt. Ich schaue G an. Sollten wir A nicht langsam sagen, dass ich es war, die G damals gerettet hat? Anscheinend will auch G das Spiel nicht länger spielen. Wäre auch überflüssig, wenn man bedenkt, wie redselig die Berliner Szene ist. Spätestens, wenn ich mit A in einem einschlägigen Laden auftauchen würde, würde es ihm irgendjemand eh erzählen.

„Sie ist ziemlich stur und hat V viel Zeit abverlangt. Sie sollte bei dieser Party schon sehr viel weiter sein“, er grinst schelmisch und fügt dann hinzu: „V hat meiner Meinung nach noch nicht wirklich viel Schaden anrichten können. Oder was meinst du?“ Er sieht mich an und nun muss ich auch ein wenig grinsen.

„Jetzt sag nicht, dass du dieses Mädchen bist?“ A schaut mich ungläubig an.

„Ich wusste nicht, dass mein Verschwinden ein Stadtgespräch war, aber ja, ich schätze es geht hier um mich.“ Ich zucke schuldbewusst mit den Schultern. A schweigt und scheint diese Information erst einmal verdauen zu müssen. „Sie hat mir gesagt, dass ihr alter Dom eher der 24/7 Typ war. *Eher der 24/7 Typ!*“ As Stimme überschlägt sich förmlich. „Kannst du das fassen?“, er sieht G mit großen Augen an. „Dieses ahnungslose Mädchen hat die Eier V als *eher der 24/7 Typ* zu bezeichnen. Kein Wunder, dass er sie nicht rechtzeitig genug soweit hatte, wie er sollte!", A lacht und G stimmt mit ein. „Oder hat er in den letzten zwei Jahren wirklich so nachgelassen? Wir werden ja alle nicht jünger", presst A zwischen zwei Lachern noch hervor.

Ich verstehe kein Wort von dem, was zwischen den beiden gerade abgeht. „Könnte mir einer von euch beiden mal erklären, was hier gerade so lustig ist?"

Die beiden beruhigen sich, dann wendet sich A an mich und sagt: „Eigentlich ist an der Sache leider gar nichts lustig. Wenn man mal davon absieht, wie ahnungslos du anscheinend bis heute bist."

Ich schaue ihn fragend an.

„Sie ist halt nicht aus der Szene. V hat sie in einem Café aufgegabelt. Sie hatte vorher noch nie etwas mit S/M zu tun. Und natürlich hat er ihr nicht erzählt, wo ihre Reise hingehen sollte." Erklärt G.

A zieht die Augenbrauen hoch. „Er hat sie einfach so angeworben?"

Das wird mir jetzt echt zu dumm. „Äh, Entschuldigung", ich wedel mit meinen Händen zwischen den beiden herum, „*sie* steht genau neben euch?" Die beiden schauen mich kurz an, ignorieren mich aber gekonnt.

„Ja. Es war reiner Zufall", redet G einfach weiter.

„Krass. Da hätte er in der Loge natürlich richtig punkten können. Ein unberührtes Pflänzchen … immerhin scheint er sein Näschen für potentielle Anwärterinnen nicht verloren zu haben."

„Tja, er hat sich das eindeutig leichter vorgestellt."

„Und der Abend bei Amalia?"

Ich muss schlucken, Ich will nicht, dass G ihm von dieser Demütigung und meinem Zusammenbruch erzählt. Zum Glück kennt G mich und ist auch in dieser Situation der Gentleman-Dom, als den ihn ich kennengelernt habe.

„Ich finde, das sollte dir Lena selbst erzählen, wenn sie es dir erzählen will."

Ich strahle G dankbar an. A nickt. „Da hast du sicher recht. Ich nehme an, du wirst einen so schwerwiegenden Regelbruch nicht ohne Grund begangen haben." Er blickt G in die Augen.
„Nein."

Die beiden schauen sich an und schweigen. Dann fragt G irgendwann: „Seit wann bist du wieder in der Stadt?"
„Seit ungefähr vier Monaten."
„Ohne, dass dich irgendjemand in den einschlägigen Läden gesehen hat?"
„Ich wollte mir das eigentlich alles abgewöhnen", er zuckt entschuldigend mit den Schultern und G starrt ihn amüsiert an. „Abgewöhnen? Das habe ich aber auch noch nie gehört", er schaut A ungläubig an.
„In Thailand ging das ganz gut … ich habe es im Grunde kaum vermisst ...", er zögert, „Aber hier, in Berlin …"
G schweigt und wartet.
„Die ersten Wochen konnte ich es hier auch unterdrücken. Ich hab mir einfach immer wieder ins Gedächtnis gerufen, wo so etwas hinführen kann … aber ...", er hält inne und G fällt ihm ins Wort: „Du weißt, dass es nur selten *so* endet. Sie sind eine Ausnahme."
Erneut verstehe ich nur Bahnhof.
A nickt. „Ich weiß. Und am Ende sind wir eben, wie wir sind …"

„Hört mal ihr zwei. Ich muss mich dringend noch um ein paar Leute kümmern, damit am Ende des Abends die Kasse stimmt und ich nicht verhungern muss. Aber um zehn Uhr ist hier Schluss und gleich gegenüber ist ein erstklassiges American Diner. Die machen solche Burger", seine Hände formen einen tellergroßen Kreis und seine Augen leuchten förmlich vor Begeisterung. „Ich würde mich wirklich freuen, wenn wir dort später noch gemeinsam etwas essen würden." Er lächelt mich an und ich sehe zu A. Der überlegt einen kurzen Moment, doch dann nickt er und sagt: „Ja, warum nicht.

Immerhin scheinst du neuerdings ja ein kleiner rebellischer Held zu sein, der junge Fäuleins rettet." Er grinst verschmitzt.

Ich kann sehen, dass G regelrecht aufatmet. „Prima, dann nehmt euch derweil doch gerne von dem Blubberzeug und schaut euch in Ruhe um. Wer weiß, vielleicht findest du ja ein Bild, was du kaufen möchtest? Mein Konto würde das freuen." Er drückt mich noch einmal, dann steuert er schnurstracks auf ein Pärchen zu, dass gerade ekstatisch über die Lebendigkeit von Gs Bildern diskutiert.

„Als ob sein Konto das nötig hätte …", A schüttelt amüsiert den Kopf, dann schnappt er sich zwei Gläser von einem vorbeilaufenden Kellner und drückt mir eines davon in die Hand.

„Lass uns anstoßen."

„Worauf?", frage ich neugierig.

Er überlegt kurz und sagt dann voller Überzeugung: „Darauf, dass wir vielleicht alle ein wenig sonderbar, aber deswegen noch lange nicht zwingend schlecht sein müssen", er erhebt sein Glas und stößt es gegen meines. Wir trinken, obwohl ich schon wieder nicht wirklich verstanden habe, worum es eigentlich geht.

Als wir später in dem Diner sitzen ist die Stimmung anfangs noch etwas unterkühlt. G fragt A sporadisch nach seiner Zeit in Thailand und A berichtet eher oberflächlich von seinen dortigen Erlebnissen. Es ist, als wäre der sprichwörtliche Elefant im Raum. Nach zwanzig Minuten reicht es mir. „Können wir jetzt bitte aufhören Gespräche zu führen, als seien wir flüchtige Arbeitskollegen, die sich pflichtbewusst nach dem letzten Urlaub des anderen erkundigen, ohne dass es sie wirklich interessiert?", motze ich die zwei an. Beide schauen verdutzt erst mich, dann sich an, bevor sie anfangen zu lachen.

„Genau diese Art liebe ich so an ihr", prustet G und A stimmt ihm zu.

„Vor allem, weil sie recht hat. Wir klingen, als würden wir uns gegenseitig eine Lebensversicherung verkaufen wollen", gibt A zu.

Dann schweigen wir alle kurz, bevor ich mich langsam vor wage.
„Woher kennt ihr euch?“

Beide sehen sich an, dann seufzt G und beginnt endlich zu erzählen:

„Eine sehr gute Bekannte von A …“

„Freundin, sie war eine wirklich tolle Freundin“, unterbricht A die Erzählung direkt am Anfang und ich erahne, dass das eine nicht ganz so einfache Geschichte wird.

G nickt und fährt fort: „Sie war auch eine sub, so wie du. Auf einer Party im *Schlagfertig* hat sie U getroffen. Einen, wie sie glaubte, erfahrenen und verantwortungsvollen Dom, etwas älter als sie, aber durchaus ansehnlich. Sie war Feuer und Flamme, weil sie der festen Überzeugung war, er würde sie endlich so verstehen, wie sie es sich immer gewünscht hatte. Sie war so glücklich, als U ihr angeboten hat, sie als seine Sklavin anzunehmen ...“

A verdreht die Augen, sagt aber nichts.

„U war, genauso wie V, ein Freund von mir. Er, V und noch einige weitere dominante Männer hatten so eine Art Club gegründet.“

„Was für einen Club?“, frage ich und schaue G neugierig an. „Von so einem Club habe ich während meiner Zeit mit V nichts bemerkt.“

„Natürlich nicht. Du warst noch lange nicht soweit, dass V dich offiziell dort vorgeführt hätte“, erklärt mir G und A schnaubt verächtlich: „Zum Glück!“

G blickt betroffen zu Boden, dann berichtet er weiter: „Der Club ...“ er gerät ins stottern.

„Dieser angebliche *Club* dient in erster Linie dazu, ahnungslose subs so gefügig und abhängig zu machen, dass du im wahrsten Sinne des Wortes alles mit ihnen machen kannst. Diese sogenannten *Herren* diskutieren dort die erfolgreichsten Methoden einer solchen *Erziehung* und brüsten sich damit, wer seine sub besser und schmerzresistenter dressiert hat“, bringt A den Satz erbost zu Ende und fügt hinzu: „Dabei schrecken sie nicht einmal vor Eingriffen in die Psyche ihrer subs zurück. Sie *programmieren* sie einfach neu. Sie finden das richtig und wichtig." A ist nun so in Rage, dass ich mir beinahe Sorgen mache.

„Die subs sollen am Ende gewisse Standards erfüllen", übernimmt G wieder das Wort und bemüht sich dabei um einen möglichst ruhigen Tonfall.

„Standards?", frage ich und komme mir ziemlich dumm vor, weil ich das anscheinend nicht bemerkt habe.

„Du erinnerst dich an unseren Ausflug in Vs Garten", fragt G und klingt dabei beinahe schüchtern.

Ich nicke.

„Leinenführigkeit - auch bei Fremden - ist so ein Standard. Jede sub muss ihrer Ansicht nach zum Beispiel gewisse Inhalte des Petplays beherrschen."

„Sie muss auf Kommando pinkeln können, oder?", frage ich und begreife langsam einige Dinge, die V unbedingt von mir erzwingen wollte. „Und in jeder Öffnung zugängig sein ...", überlege ich weiter und G nickt nur.

„Um es etwas abzukürzen", geht A nun sanft dazwischen, vermutlich weil er merkt, wie sehr mich das Ganze aufwühlt. „Am Ende wollen sie eine komplett neugeformte und auf sie geeichte sub haben. Die dann aber gerne auch anderen Männern oder Frauen zur Verfügung gestellt werden kann. Sozusagen als Präsentation ihrer gelungenen Arbeit." A würgt das förmlich hervor.

Ich verdränge das gehörte so gut ich kann und frage vorsichtig: „Und deine Freundin ..."

„Die hat diese komplette Dressur absolviert. Sie wurde von ihren Freunden isoliert, angeblich weil die sie nur in ihrer Entwicklung aufhalten würden." A schnaubt. „Natürlich wollten wir sie aufhalten! Sub sein bedeutet doch nicht sich selbst aufzugeben. Jedenfalls nicht für immer und komplett! Aber wir waren zu spät. Bis wir gemerkt haben, was da wirklich abgeht, war es einfach schon zu spät. Svantje war ihrem U schon komplett hörig und wir waren nur noch die dummen Neider, die ihr ihr Glück nicht gönnen wollten. Die einfach nicht verstanden haben, was es wirklich bedeutet, wenn man S/M *lebt* und nicht nur *spielt*", er rollt mit den Augen und schweigt dann eine ganze Weile. Dann fährt er leise fort: „Sie haben sie zerstört."

„Was ist passiert?", frage ich zögernd, weil ich ahne, dass es schlimm werden wird.

„Sie hat sich aus dem 14 Stock gestürzt."

Ich spüre, wie mein Mund offen stehen bleibt, während G betroffen die Krümel auf dem Tisch anstarrt und A einfach nur schweigend in die Luft starrt.

„Warum?", taste ich mich vorsichtig vor.

„Weil U, nachdem er sie fertig abgerichtet hatte, sein Interesse an ihr verloren und sich eine neue sub gesucht hat. Svantje war nur noch der Partygag. Sie war ein Spielzeug für Gäste, ein Objekt – kein Mensch mehr."

„Sie hat es nicht verkraftet nicht mehr die Nummer Eins von U zu sein, aber ihm war das völlig egal. Er hat ihr gedroht sie einfach zu verkaufen oder zu verschenken, wenn sie nicht aufhört Theater zu machen … bei einer Party im Penthouse eines Freundes sollte sie mal wieder allen Gästen zur freien Verfügung stehen … nach der vierten Runde ist sie gegangen, zum nächstbesten Hochhaus gefahren und gesprungen …"

Ich muss schlucken. Jetzt verstehe ich, warum A so eine Abneigung gegen alles, was auch nur Ansatzweise nach 24/7 klingt, hat.

„Ich kann nicht glauben, dass du da mitgemacht hast", ich sehe G entsetzt an.

„Ich …"

„G hat im Grunde nie wirklich dazu gehört", mischt sich A schnell ein. Ich blicke ihn skeptisch an, weil ich natürlich an seine Treffen mit V denken muss.

„Anfangs wollte ich dazu gehören. Die Idee der perfekten sub war schon reizvoll. Aber ich fand ihre Methoden schon immer eher fragwürdig. Du kennst mich. Ich führe gerne streng, aber nicht hart und schon gar nicht unfair."

Ich nicke und erinnere mich daran, dass G immer wider versucht hat mich aufzubauen und nett zu sein, wenn V es nicht war. Und nicht zu vergessen, dass er es war, der mich von dieser ach so exklusiven Party gebracht hat. Ein Akt, wie ich nun weiß, der absolut gegen jede Regel dieser ominösen Loge verstoßen hat.

„Du bist eben genauso ein Weichei, wie ich", A schmunzelt und ich bin froh, dass dieses grausame Thema uns nicht komplett das Lachen vertrieben hat.

Wir blicken für einen Moment schweigend durch das Lokal, bis A plötzlich sanft fragt: „Willst du mir erzählen, was auf der Soiree von Amalia passiert ist?"

Kurz überlege ich einfach nein zu sagen, aber dann denke ich mir, dass er es verdient hat, immerhin hat er die Geschichte von Svantje mit mir geteilt.

Ich blicke zu G, der mir aufmunternd zunickt und beginne A von meiner Zeit unter V zu erzählen. Als ich zu dem entscheidenden Punkt komme, der an dem ich A erklären muss, wie unerträglich es irgendwann für mich geworden war, dass V nicht mit mir schlafen wollte, ist meine Stimme fast nur noch ein leises Flüstern, so peinlich ist mir das ganze. Doch A nickt nur und scheint das überhaupt nicht seltsam zu finden.

„Er wollte dich gefügig machen, in dem er dir das, was du dir am meisten gewünscht hast immer und immer wieder verwehrt hat. Es ist ein wenig wie die Möhre vor dem Esel. Der Esel geht und geht, immer in dem Glauben die Möhre eines Tages doch zu erreichen.

„So habe ich das bisher noch gar nicht gesehen", sage ich. „Aber vermutlich hast du recht. Bei jedem Treffen habe ich gedacht: Wenn ich heute alles so mache, wie er es will, dann …"

A fasst nach meiner Hand. „Du musst der Möhre nicht mehr hinterherrennen", er grinst und ich grinse mit. Nein, bei ihm muss ich nicht danach betteln …

G räuspert sich. „Soll ich ihm von der Party erzählen?"

Ich nicke und bin fast ein wenig erleichtert, dass ich diesen teil der Geschichte auslassen kann.

„V hatte für den Abend bei Amalia eine Erziehungseinheit geplant."

A brummt. Ein eindeutiges Zeichen, was er von solchen Methoden hält.

„Er war unzufrieden, weil er Lena einfach nicht schnell genug vorzeigbar bekommen hat. Der Abend sollte dazu dienen, Lena zu zeigen, dass eine wirklich gute Sklavin durchaus den kompletten Akt bekommen kann …"

A runzelt verständnislos seine Stirn. „Was hat er getan?", seine Stimme ist ein eiskaltes Flüstern.

„Er hat die Sklavin von R vor allen Augen bespielt und anschließend gefickt, während er Lena dabei keine Sekunde aus den Augen gelassen hat."

Mühevoll unterdrücke ich die aufsteigenden Bilder und hole tief Luft. Ich richte meinen Blick auf A und konzentriere mich nur auf ihn. A, der das selbstverständlich bemerkt, lächelt nur und sagt: „Es ist vorbei." und ich lächel ihm dankbar zu.

„Ich muss sicher nicht erwähnen, dass das zu viel für sie war. Sie war kurz vor einem absoluten Zusammenbruch. Als ich realisiert habe, wie schlecht es ihr geht, habe ich sie mir geschnappt, ins Auto verfrachtet und nach Hause gefahren." Er zögert einen Moment, bevor er weiter redet. „Ich hatte tagelang Angst, sie könnte sich etwas antun …"

Ich schüttel den Kopf. „Nicht wegen V!" Dann fällt mir plötzlich etwas auf, was mir bisher noch nie aufgefallen ist. „Wie konnte V wissen, dass er gezogen wird? Da waren so viele Kugeln in dem Topf. Was, wenn er die Sklavin gar nicht hätte benutzen dürfen?"

G schaut mich mitleidig an und in dem Moment merke ich, wie dumm die Frage war. „Er hat sich nicht ziehen lassen, oder?" Ich an das Kartenspiel mit V denken. Der Tag, an dem er in beiden Umschlägen seinen Namen platziert hatte ...

„Nein. Er hat das Ganze vorher mit R und Amalia geplant gehabt. Ich habe keine Ahnung, wessen Name da tatsächlich auf der Kugel für die Sklavin und für die Folterer stand ... Amalia hat einfach so getan, als wären es Lilli und V. Sie fand die Idee großartig. „Das wird sicher ein Spaß" hat sie geflötet, als V sie um diesen Gefallen gebeten hat."

Abgrundtiefer Hass brodelt in mir und ich hoffe inständig, dass mir weder V noch Amalia oder R jemals wieder begegnen.

„Mir tut das Ganze bis heute schrecklich leid. Ich wusste, dass V eine Erziehungseinheit geplant hatte und ich wusste auch, dass er Lilli dafür ficken wollte ... aber ich wusste nicht, warum. Ich hatte keine Ahnung, dass das dein wunder Punkt ist."

Ich tätschle ihm den Arm. „Du hast dir absolut nichts vorzuwerfen. Du hast mich da raus geholt, obwohl du damit die Regeln gebrochen hast. Du hast meinetwegen deinen Freund verloren."

„Dafür habe ich eine ganz hervorragende neue Freundin gewonnen", er grinst mich mit einem jungenhaften Lächeln an.

„Und wenn du willst auch einen alten Freund wiedergefunden", sagt A und dann stoßen wir mit klirrenden Colagläsern an.

Die Vernissage begleitet mich noch einige Tage. Ich verbringe sehr viel Zeit damit, die verschiedensten Erlebnisse mit V noch einmal Revue passieren zu lassen und muss mit Erschrecken feststellen, dass ich mir in der Beziehung - sofern man das überhaupt so nennen kann - damals anscheinend sehr vieles schön geredet habe. Vermutlich auch, weil ich es einfach nicht besser wusste. Immerhin war V mein erster Kontakt zu S/M. Zwischendurch bin ich sogar ganz kurz richtig sauer auf G, weil er mich irgendwie bis heute im Unklaren gelassen hat, was V wirklich mit mir vorgehabt hat. Doch dann erinnere ich mich daran, dass G mich schlussendlich aus dieser toxischen Beziehung heraus geholt hat und kann ihm nicht mehr böse sein. Ich weiß, dass er mich einfach nur schonen wollte. Und außerdem hätte ich ihm damals eh kein Wort geglaubt. Ich kannte ihn schließlich kaum ...

A ruft mich an.

„Wie geht es meiner Lieblinglingssub?“

„Ich dachte ich wäre deine einzige sub“, erwidere ich und lasse meine Stimme dabei beleidigt klingen.

„Hat man dir nicht beigebracht, dass ein wahrer Dom mehrere subs haben sollte? Exklusivität tut euch nicht gut.“

„Tut uns nicht gut? Steht das im *Dom-Handbuch?*“

„Natürlich“, er lacht. „Im Ernst, wie geht es dir nach der Vernissage und all dem, was du dort erfahren hast?“

„Gut. Ich bin froh, dass ich V los bin.“

A schweigt kurz, dann sagt er: „Ich würde dich am Freitag gerne ausführen. Hast du Zeit?“

„Natürlich habe ich Zeit. Wo wollen wir denn hin?“

„Essen“, ist alles, was er sagt.

Ich sehe förmlich vor mir, wie er sich amüsiert, weil er genau weiß, dass mich solche vagen Ansagen schrecklich nervös machen. „Muss ich etwas bestimmtes anziehen?“, frage ich vorsichtig nach, woraufhin A auflistet, was er sich ungefähr vorgestellt hat. Dann verabschiedet er sich mit den kryptischen Worten: „Ich bin gespannt, wie dir unser Ausflug gefallen wird.“ Dann legt er auf und lässt mich mit einem flauen Gefühl im Magen zurück.

Ich komme mir seltsam vor, als A mir die Tür zum Restaurant aufhält und mich drinnen ein sehr teuer aussehendes Entreé erwartet. Mit so einem Lokal habe ich nicht gerechnet, als A mir gesagt hat, er wolle mich zum Essen einladen und ich solle doch bitte das kurze schwarze Korsagen-Kleid anziehen, das er so heiß an mir findet. Zusammen mit meinen Halterlosen komme ich mir viel zu sexy gekleidet vor. Dieser Laden schreit aus allen Winkeln nach *Oberklasse*.

Unsicher frage ich: „Bist du sicher, dass wir hier richtig sind?"

„Und ob wir das sind."

Ein Mann in einem eleganten schwarzen Anzug tritt plötzlich hinter einem mahagonifarbenen Tresen hervor. „Darf ich Ihre Mäntel nehmen?"

A reicht ihm unsere Jacken. „Danke sehr."

„Haben Sie für einen bestimmten Bereich reserviert, oder darf ich Ihnen etwas empfehlen?" Der Anzug-Mann setzt ein breites Lächeln auf.

„Wir haben im Salon reserviert. Zwei Personen, keine Extras. Das Tagesmenü", klärt A den Mann auf, woraufhin dieser erneut lächelt und uns eine Tür öffnet, die offensichtlich in den Speiseraum führt. Dachte ich jedenfalls und staune nicht schlecht, als mich hinter der Tür kein übliches Restaurant erwartet, sondern ein in verschiedene Bereiche getrennter relativ größer Saal. Der erste Bereich, der mir auffällt scheint eine Art Wartestation für Tiere zu sein In einer mit schwarzer Lackfolie ausgekleideten Nische stehen silberne Näpfe auf dem Boden und an der Wand sind Ringe eingelassen, in die man problemlos eine Leine einhaken kann. An einem dieser Plätze ist ein schmächtig wirkender Kerl angebunden, dessen Kopf von einer Hundemaske verdeckt wird. An seinem Hintern ist ein Hundeschwanz angebracht und seine Hände und Füße stecken in Pfotenhandschuhen.

Langsam erahne ich, in was für eine Art Lokal A mich ausführt. „Wenigstens bin ich doch nicht unpassend gekleidet", schießt es mir durch den Kopf. Wir betreten den eigentlichen Gastraum. Der Boden ist mit einem dicken flauschigen roten Teppich ausgelegt. Auf den Tischen stehen wunderschöne Blumengestecke und Kerzenhalter. Das Geschirr und die Gläser sehen aus, wie in Titanic. Die Kellnerinnen und Kellner hingegen tragen Uniformen, wie bei Downton Abbey. Alles wirkt, als wäre es etwas aus der Zeit gefallen. Bis auf die Feinheiten, dieses Etablissements, die mir erst jetzt nach und nach auffallen. Neben einem Tisch entdecke ich einen Käfig, in dem eine nackte Frau hockt, die ab und an ein Stück Brot von einem neben ihr am Tisch sitzendem Pärchen zugeworfen bekommt. An einem anderen Tisch sitzt eine komplett in Latex gehüllte Frau auf ihrem auf allen Vieren kniendem Sklaven und lässt sich eine Portion Austern schmecken.

Galant schiebt mich A auf eine eher ruhigere Ecke des Lokals zu und wir setzen uns.

„Das ist ein ziemlich ungewöhnlicher Laden", bemerke ich und kann meinen Blick nicht von unserem Nebentisch abwenden, an dem zwei elegant gekleideten Herren gerade eine Sushiplatte geliefert bekommen, wobei die Sushirollen kunstvoll auf dem nackten Körper einer jungen Frau drapiert sind. A bemerkt meinen Blick und fragt süffisant: „Soll ich dich das nächste Mal auch als lebendes Sushi benutzen?"

„Nein!", entfährt es mir viel zu laut, sodass sich vereinzelte Gäste tatsächlich zu mir umsehen. A lacht. Er lacht noch immer, als ein Kellner zu uns kommt und A nach seinen Wünschen fragt. Kurz frage ich mich, woher der Kerl weiß, dass A der Master ist. Immerhin könnte ja auch ich den dominanten Part in unserer Beziehung bilden.

„Master A, schön Sie wiederzusehen. Sie haben unser Etablissement viel zu lange nicht mehr besucht."

Deswegen weiß der Kellner also wer bei uns das Sagen hat. Er kennt A. So einfach ist das.

„Pascal. Es freut mich auch Sie endlich einmal wiederzusehen. Wie ich sehe lässt Madame Sie noch immer hier schuften."

„Aber bitte!" Der Kellner schaut A entsetzt an. „Sie wissen doch, dass es mir eine Freude ist Madame so oft Sie es möchte zur Verfügung zu stehen. Es ist eher eine Ehre, als eine Arbeit."

A lächelt. „Natürlich weiß ich das. Ich wollte Sie doch nur ein wenig necken."

„Immer noch der Alte." Pascal verzieht seine Mundwinkel und mit viel gutem Willen könnte man das glatt als eine Art Schmunzeln interpretieren. „Haben Sie etwas bestimmtes vorbestellt?"

„Nein. Nur das einfach Menü. Keine Extras." Er sieht mich an. „Heute speisen wir ohne Extras." Seine Stimme ist leise und irgendwie unheimlich. Ein Schauer läuft mir über den Rücken. Ich muss schlucken.

„Sehr wohl", Pascal nickt und verschwindet dann in Richtung Küche. Während ich ihm hinterher sehe streift mein Blick eine Holzkonstruktion, die linker Hand kurz vor dem Eingang zur Küche steht. Darin befestigt hängt eine geknebelte vollbusige Rothaarige, die von einem glatzköpfigen Mittvierziger mit einer Dressurgerte bearbeitet wird. Ihr Hintern glüht bereits in diversen Rottönen. In meinem Unterleib beginnt es zu pulsieren. Schnell wende ich meinen Blick ab. „Anscheinend kennt man dich in diesem Lokal recht gut", ich sehe A in die Augen.

„Früher waren wir durchaus gerne hier."

„Wir?", frage ich neugierig.

„Freunde", antworte A für seine Verhältnisse recht wortkarg. Dann sieht er mich an, seufzt und erläutert: „Wir waren eine muntere Gruppe. Aber wie es eben so ist. Paare trennen sich, neue Paare finden sich und irgendwann passt es in so einer Gruppe irgendwie nicht mehr so gut, wie früher. Und durch meine Zeit in Thailand …"

„Ich verstehe."

Pascal kommt mit einem Tablett auf uns zugesteuert und stellt uns je einen Salatteller hin. Neugierig betrachte ich den Teller. Auf einem Bett aus Chicorée thront eine Mischung aus Roter Beete, Avocado und Walnüssen. Ich schiebe mir skeptisch einen ersten Happen in den Mund und staune nicht schlecht, wie gut diese Mischung tatsächlich schmeckt. „Was ist das für ein Dressing? Das schmeckt sensationell!" Begeistert nehme ich die nächste Gabel.

„Keine Ahnung, aber wenn du willst werde ich Antoin den Küchenchef gerne fragen.“

Ich lehne sein Angebot dankend ab, obwohl die beiden nächsten Gänge auch umwerfend sind. Als ich den letzten Bissen von einer phantastischen Schokoladenmousse verspeist habe, lasse ich mich zufrieden seufzend in den Stuhl sinken und kiebitze noch einmal zu der Rothaarigen und ihrem Herrn hinüber, der mittlerweile dazu übergegangen ist seiner Begleitung regelmäßige Stöße mit einem riesigen Dildo zu verpassen, was sie so heftig stöhnen lässt, das man es trotz Knebel deutlich hören kann. A schaut mich lächelnd an. "Täusche ich mich, oder gefällt dir unser Ausflug?"

„Dieser Laden ist eine Nummer für sich“, antworte ich leicht ausweichend. „Aber das Essen ist grandios! Ich glaube, ich habe noch nie eine so schokoladige Schokoladenmousse gegessen.“

„Das freut mich.“ Er schaut mich mit einem wilden Schlafzimmerblick an. „Vielleicht buche ich bei unserem nächsten Besuch dann doch das eine oder andere Extra. Die Angebotspalette hier ist wirklich gut.“

Erneut beginnt es in meinem Unterleib zu pulsieren. Wie zum Henker schafft A es bloß immer wieder, mich allein mit seinen Andeutungen geil zu machen.

Ich blicke zu der Sushiplatte hinüber. Die beiden Herren scheinen ihr Essen in vollen Zügen zu genießen. Ich beobachte, wie sie ihre Essstäbchen immer wieder dazu benutzen, die harten Nippel und den Kitzler der Sushi-Frau zu quetschen, zu ziehen und zu zwirbeln, wobei ihr stets ein tiefes Stöhnen entfährt, von dem ich nicht ganz sicher bin, ob es lust- oder schmerzvoller Natur ist.

A analysiert meinen Blick und grinst. Einige Sekunden verstreichen, in denen ich nicht so recht weiß, wo ich hinschauen soll, dann tritt Pascal an unseren Tisch. „Haben Sie noch einen Wunsch?“

„Nein danke. Nur die Rechnung.“

Pascal nickt. „Sehr wohl. Wünschen Sie mit der Karte zu zahlen, oder in bar?“

„Bar.“

Der Kellner verschwindet und taucht nur zwei Minuten später wieder mit der Rechnung auf. A gibt ein extrem großzügiges Trinkgeld. Wir sind gerade dabei uns zu erheben, um das Lokal zu verlassen, als sich am Tisch mit der Sushi-Frau etwas tut. Einer der Männer hat offensichtlich beschlossen den Abschluss des Essens mit einer Portion Sperma zu finalisieren. Angestrengt steht er neben dem Tisch und reibt sich hemmungslos, bis er schließlich deftig stöhnend auf den Bauch der Frau spritzt. Ein Umstand, der seinen Begleiter dazu bringt, die letzte verbliebene Sushirolle zu greifen, durch das Sperma zu ziehen und dieses Gemisch dann an die Sklavin zu verfüttern. Ich muss leicht würgen. Spermaspiele sind wahrlich nicht meins und wenn ich ehrlich bin finde ich sie beim Essen im Öffentlichen Raum mehr als unangebracht. Bin ich eventuell doch nicht so freigeistig, wie ich bisher dachte? Vielleicht, aber dann ist das eben so. Noch bevor ich etwas sagen kann, platzt es aus A heraus: „Das wird Madame gar nicht gefallen. Die Zwei werden so schnell keinen Tisch mehr hier bekommen.“

Ich sehe A fragend an und er fährt fort: „Auch wenn es auf den ersten Blick nicht so aussehen mag, auch im *Pleasure* gelten strenge Regeln. Ein striktes Verbot von Körperflüssigkeiten jeder Art im normalen Speiseraum gehört dazu. Dafür gibt es dort drüben“, er deutet auf eine Reihe von Separees, „genug Platz. Dank der Spanischen Wände können die Blicke der anderen Gäste abgeschirmt und somit auch geschont werden. Schließlich steht nicht jeder auf Sperma oder Urin, während er ein Deluxe-Menü verzehrt.“

Ich nicke. Mir war das Ganze eben auch einen Tick zu viel. Ich beobachte, wie eine elegant gekleidete Frau angerauscht kommt. Ich schätze sie auf Ende vierzig, auch wenn ihr Körper so sportlich aussieht, als wäre sie keinen Tag älter als zwanzig. Sie trägt ein enganliegendes Latexkleid, was ihre extrem üppigen Brüste betont. Um ihre Taille schmiegt sich ein Ledergürtel, an dem neben einem Paar Handschellen auch eine kleine Neunschwänzige und eine Mini-Reitgerte befestigt sind. Wütend baut sie sich vor dem Sushi-tisch auf.

„Was glaubt ihr Wichser eigentlich, wo ihr hier seid? Das *Pleasure* ist ein anständiger Laden. Wir haben Regeln. Körperflüssig-keiten gehören in die Separees!" Sie greift nach der Mini-Gerte und schlägt den beiden abwechselnd auf die Finger. Für einen kur-zen Augenblick sehen beide tatsächlich wie zwei Schüler aus, die man beim Abschreiben erwischt hätte. Ich muss schmunzeln und ertappe die Sklavin der beiden dabei, wie auch sie ihren Mund leicht grinsend verzieht. „Peinlicher geht sicher kaum", denke ich. „Ihr packt jetzt auf der Stelle eure Schwänze wieder ein und dann verschwindet ihr aus meinem Lokal. In sechs Monaten dürft ihr dann gerne anfragen, ob ich euch noch einmal hier sehen will." Sie nickt zwei Kellnern zu, die aussehen, als wären sie mit Hulk ver-wandt, dann lächelt sie freundlich in unsere Richtung, bevor sie auch schon wieder verschwindet. Die Hulk-Brüder bleiben bedroh-lich neben den beiden Männern und begleiten sie ohne weitere Umschweife hinaus.

Nur wenige Sekunden später verlassen dann auch A und ich das *Pleasure.*

Draußen auf der Straße fühle ich mich, als hätte man mich in eine Paralelwelt geschmissen. Der Straßenverkehr rauscht lärmend an uns vorbei. Menschen eilen den Bürgersteig hinab und an der Kreuzung streiten sich zwei Fahrradfahrer in einer mir unbekann-ten Sprache. Die Luft ist muffig, von irgendwoher dringt ein pene-tranter Zwiebelgeruch in meine Nase ... Berlin kann wirklich schrecklich sein.

A begleitet mich noch bis nach Hause. Als wir vor meiner Tür stehen fällt mir auf, dass ich A noch nie zu mir eingeladen habe.

„Möchtest du noch mit hinein kommen?", frage ich und überschlage in meinem Kopf kurz, ob es bei mir aufgeräumt aussieht, oder ob irgendwo noch dreckige Socken herum liegen.

„Gerne, warum nicht." Gemeinsam betreten wir meine kleine Wohnung. A sieht sich um. Viel zu sehen gibt es bei mir allerdings nicht. Ein Bett, eine kleine Couch-Ecke, ein Schreibtisch und darüber ein Bücherregal. Ein Regal für Cds und ein uralter kleiner Fernseher. Dazu ein paar Grünpflanzen. Das war es auch schon. As Blick bleibt auf einem Poster hängen, das über meinem Bett aufgehängt ist. Es ist ein altes EBM Festival Poster, bei dem ich vor drei Jahren war. Eine menge Bands, die kein Mensch kennt auf irgendeiner Wiese kurz hinter Potsdam …

Ich gehe in die Küche und hole uns zwei Bier. Die Stimmung im Raum ist seltsam.

„Deine Wohnung ist nett", sagt A und es klingt völlig verkrampft.

Ich muss grinsen. Gerade haben wir noch locker in einem Restaurant neben nackten Fetischisten gesessen und trotzdem ist das hier gerade sehr viel seltsamer.

„Sie ist klein, aber mein", sage ich und lasse meinen Blick durch den Raum wandern.

„Sie passt zu dir."

Wir schweigen. Ich nehme einen großen Schluck aus meiner Flasche.

„Steh auf und zieh dein Kleid aus!"

Ich schaue A perplex an doch er runzelt nur fordernd die Stirn. „Was ist? Du weißt doch, wie das geht." Er fixiert mich. Langsam stehe ich auf und öffne mein Kleid. Mit so einer Wendung habe ich nicht gerechnet, traue mich aber nicht zu widersprechen. Nur Sekunden später stehe ich nur noch in meinen Halterlosen vor A.

„Und nun leg dich auf dein Bett."

Ich gehorche und denke mir noch: „Schlimm kann es ja sicher nicht werden, immerhin gibt es nicht ein einziges S/M Spielzeug in meiner Wohnung."

A verschwindet in meiner Küche. Ich höre, wie er Schränke und Schubladen öffnet und wieder schließt und ich frage mich, was er wohl sucht. Als er wenig später wieder bei mir ist erfahre ich es. Seine Beute besteht aus einem Pfannenwender, einem Teeei, einem Küchenhandtuch, einem Beutel Eis, chinesischen Essstäbchen und Haushaltsgummis.

Ich bin ehrlich gespannt, was er mit dem Zeug will. Zuerst muss mein Handtuch dran glauben. Er zerreißt es in einige Streifen und bindet mich anschließend mit den Streifen an meinem Bett fest. Ich hätte nicht gedacht, dass das so gut funktioniert. Ich kann mich kaum noch rühren. Danach widmet A sich meinen Brustwarzen. Mittels der Essstäbchen und einigen Haushaltsgummis quetscht er meine Nippel fest zusammen. Ein leichtes Stöhnen dringt aus meinen Lippen. Diese Klemmen sind zwar bei Weitem nicht so schmerzhaft, wie die Nippelklemmen, die man eher aus dem Bürobedarf kennt, wie A sie neulich bei mir angewendet hat, aber schön ist dennoch anders …

Dann beginnt er mich mit dem Pfannenwender zu bearbeiten. Er schlägt meine Brüste, meine Oberschenkel und immer wieder auch zwischen meine Beine. Ich bin unkonzentriert und winde mich hin und her. Immer wieder quietsche ich, eine Tatsache, die A gar nicht gefällt. „Wenn du nicht augenblicklich still bist muss ich dir einen Knebel verpassen", droht er und greift bereits nach einem zweiten Handtuch. Schnell beiße ich mir förmlich auf die Zunge. Ich hasse Knebel!

Ich habe keine Ahnung, wie lange er mich mit meinem Pfannenwender traktiert. Irgendwann höre ich einfach auf die Schläge zu verfolgen. Alles an mir brennt, bis es plötzlich eiskalt wird. Ich schreie auf. A hat das Teeei mit Eis gefüllt und es mir tief in meine Spalte geschoben. Das ist eine völlig neue Art von Schmerz für mich. „Dein Körper sieht aus, als könnte er etwas Abkühlung gut gebrauchen“, säuselt er und ich blicke ihn böse an. Natürlich beeindruckt ihn mein Blick überhaupt nicht. Genüsslich greift er nach dem Ei und bewegt es in mir hin und her. Ich spüre, wie sich das Eis ganz langsam auflöst und das Wasser aus mir hinaus läuft. Es fühlt sich an, als hätte ich mir eingepullert. Ihm scheint das zu gefallen. Ausgiebig spielt er mit dem Ei und zwirbelt ganz nebenbei hin und wieder an meinem Kitzler, bis ich stöhne und natürlich findet auch der Pfannenwender weiterhin Anwendung. A scheint einfach nicht genug zu bekommen. Doch schließlich zieht er sich aus, kniet sich über mich, wobei seine Knie links und rechts neben meinem Kopf zu liegen kommen. Sein harter Schwanz schwebt direkt vor meinem Gesicht und ich ahne, was mich jetzt erwartet. A packt meinen Mund und zwingt mich ihn zu öffnen, um mir dann auch augenblicklich sein bestes Stück tief in den Schlund zu schieben. Ich muss würgen. Und habe Angst mich gleich zu übergeben.

„Schsch. Ganz ruhig. Du kannst das.“ Er hält kurz inne und ich versuche an etwas völlig anderes zu denken und mich zu entspannen. A spürt, dass sich meine Verkrampfung etwas löst und schiebt mir seinen Schwanz tiefer hinein. In meinen Gedanken liege ich in der Sonne an einem Strand. Die Wellen plätschern beruhigend … A beginnt sich rhythmisch zu bewegen. Kurz habe ich das Gefühl keine Luft mehr zu bekommen, doch dann konzentriere ich mich wieder ganz auf den Strand. Die Bewegungen von A werden fester. Er stöhnt. „So liebe ich es. Tief in meiner kleinen geilen sub.“

Mein Lustzentrum beginnt zu vibrieren. Das Schmelzwasser mischt sich mit anderen Säften und ich beginne tatsächlich As Schwanz zu genießen und umspiele ihn mit meinen Lippen und meiner Zunge. Er stöhnt erneut. „Gott, du bist so ein Luder.“ A bäumt sich kurz auf, dann stößt er zwei- dreimal kräftig zu und entlädt sich anschließend heftig in meinen Mund. Kurz überlege ich, seinen Saft auszuspucken, denn ich schlucke nicht gerne, doch das vereitelt A schon im Ansatz. Er zieht seinen Schwanz aus meinem Mund, hält ihn mir aber augenblicklich mit seiner Hand zu. „Du weißt, dass du schlucken wirst", haucht er und schaut mich streng an. Ich nicke und dann schlucke ich. Wer auch immer behauptet hat, dass es Frauen gibt, die das gerne machen, es muss einfach eine Lüge sein. Ich kenne jedenfalls keine.

A ist gnädig. Nachdem ich seinen Saft hinunter geschluckt habe, reicht er mir eine Flasche Wasser. Gierig nehme ich einige große Schlucke und blicke ihn dankbar an.

Schweigend befreit A meine Brustwarzen von den Essstäbchen und zieht das inzwischen eher heiße Teeei aus meiner Spalte. Danach deckt er uns beide zu und legt sich neben mich und schließt seine Augen. Für ihn scheint dieser Abend anscheinend beendet zu sein.

In meinem Kopf hingegen saust eine Achterbahn. Mein Körper brennt noch immer von den Schlägen. Meine Nippel fühlen sich irgendwie wund an und das Laken zwischen meinen Schenkeln ist unangenehm feucht von dem Eiswasser und den Säften meiner Lust. Ich schmecke trotz des Wassers noch immer A in meinem Mund und mein Lustzentrum fühlt sich absolut unbefriedigt an, was mich gleichermaßen frustriert und ärgert. So kann ich unmöglich schlafen! Vorsichtig tasten sich meine Finger zu meiner feuchten Spalte hinunter.

„Nein!" A greift sich meine Hand und schiebt sie zurück nach oben. „Schlaf jetzt. Und sollte ich deine Hand noch einmal da unten erwischen, werde ich dich die komplette Nacht festbinden."

Ich weiß, dass er es ernst meint. Also versuche ich die pulsierende Lust zu ignorieren und schließe meine Augen. In meinem Kopf mischen sich die Bilder des Tages und bilden ein erotisches Durcheinander. Irgendwann falle ich in einen unruhigen Schlaf.

Am nächsten Morgen erwache ich von den Geräuschen meiner Kaffeemaschine. Ich kuschel mich tief in meine Kissen und muss breit grinsen, als A wenige Minuten später mit einem Tablett mit Toast und Kaffee aus meiner Küche gestolpert kommt.

„Raus aus den Federn, ich habe Frühstück für uns“, trällert A. Nichts erinnert in diesem Moment an den Dom von gestern Abend. Ich schnappe mir ein T-Shirt und schwinge mich aus dem Bett. Dabei fällt mein Blick auf meine Oberschenkel. Sie sind komplett mit blauen Flecken übersät. Kurz ziehe ich scharf die Luft ein, doch dann spüre ich, wie sich dieser altbekannte Stolz in mir breit macht. Wie automatisch streicheln meine Finger über die Flecken und sofort spüre ich ein erregtes Kribbeln zwischen meinen Beinen. Schnell ziehe ich mein T-Shirt lang und setze ich mich zu A auf die Couch, der mich aufmerksam beobachtet hat. Ich schaue ihn leicht verlegen an, bevor ich mir schnell meine Tasse Kaffee schnappe.

Wir trinken Kaffee und essen Toast mit Streichwurst. Kein Vergleich zu dem exklusiven Menü von gestern Abend, aber A isst, als gäbe es keinen Unterschied. Ich liebe ihn wirklich sehr dafür. Nachdem er zwei Toast verschlungen hat grinst er mich an und sagt: „Am nächsten Wochenende treffen sich ein paar meiner alten Freunde beim Camping und sie haben mich und meine neue sub eingeladen. Hättest du Lust?“

„Camping?“ Ich starre A ungläubig an.

„Keine Zelte, wenn du das vor Augen hast. Es sind eher ein paar kleine Hütten mit Strom, Toiletten und allem, was es so braucht, auf einer hübschen Lichtung. In der Nähe ist sogar ein See.“

„Das klingt nett.“

„Ist es auch. Aber eventuell auch ein wenig speziell.“

Ich runzel meine Stirn und sehe ihn fragend an.

„Wir nennen es liebevoll auch das Camp *Lust & Qual* …“

„Camp *Lust & Qual*?“ Ich ahne, was das für ein Ausflug werden könnte.

„Das klingt jetzt schlimmer, als es ist“, beruhigt mich A und nimmt einen letzten Schluck Kaffee.„Es ist einfach ein Wochenende mit gleichgesinnten Freunden.“

„Ich weiß nicht … ich kenne doch niemanden.“

„Du kennst mich.“ A strahlt mich wie ein kleiner Junge an.

„Meinst du denn ich passe da hin?“, frage ich skeptisch.

„Absolut! Ich würde dich nie in eine Situation bringen, in der du dich wirklich unwohl fühlen würdest.“ Er legt seinen Kopf schief.

„Ein wenig unwohl ab und zu. Das finde ich reizvoll.“ Er grinst süffisant. „Aber ich würde dich nie ernsthaft in Verlegenheit bringen. Das weißt du doch.“

Ich nicke, weil ich ihm wirklich glaube. Ich vertraue A bedingungslos. Ein Umstand, der mich selbst überrascht, weil ich nach der Sache mit V eigentlich niemanden jemals wieder absolut vertrauen wollte.

„Dann werde ich den anderen zusagen. Du wirst dich ganz sicher amüsieren. Du wirst sehen: Die Pärchen sind wirklich nett. Verrückt, aber liebenswert.“

„Na dann …“ Ich trinke meinen Kaffee aus und beschließe das Wochenende einfach auf mich zukommen zu lassen.

A begrüßt mich freundlich.

„Ist das dein Gepäck?“, fragt er und nimmt mir meinen Rucksack ab.

„Jep.“

„Dann wollen wir doch mal sehen …“, er öffnet den Reißverschluss und beginnt meine Sachen herauszuholen. Ich weiß nicht, was ich davon halten soll, sage aber erst einmal nichts.

„Den brauchst du nicht“, er legt meinen Hoodie zur Seite. „Und das und das auch nicht“, es folgen zwei von meinen drei T-Shirts. „Und die will ich auch nicht an dir sehen“, auch meine kurze Outdoorhose fliegt raus.

„Was soll das?“, frage ich und will mir den Pulli zurückholen, doch er schlägt meine Hand weg und sagt: „Nein.“

Ich höre und spüre ganz genau, dass er das sehr ernst meint, und das mein Reiseoutfit eine reine Domentscheidung zu sein scheint.

„Aber der Hoodie ist für abends. Falls es kühl wird“, versuche ich ihn umzustimmen, in dem ich die Notwendigkeit dieses Kleidungsstückes in den Vordergrund schiebe.

„Ich werde eine Jacke für dich einpacken“, sagt er schlicht.

„Aber wo liegt der Unterschied? Ist doch egal, ob ich meinen Pullover anziehe, oder deine Jacke.“

„Findest du?“

Ich nicke, weil ich den Unterschied wirklich nicht sehe. Er wirft mir meinen Hoodie zu. „T-Shirt aus und den an.“

Verdutzt blicke ich ihn an, tue aber was er will.

„Und nun zeig mir doch bitte deine wundervollen Nippel.“

Ich nicke und beginne umständlich mir meinen Pulli hochzuziehen. Natürlich ist es nicht soo kompliziert meine Brüste zu entblößen, aber dafür habe ich jetzt auch eine ziemlich dicke Pullirolle unter meinem Kinn klemmen.

„Und nun, Pulli aus und die Jacke an“, er wirft mir eine Sweatjacke zu. Als ich fertig bin fordert er mich erneut auf ihm meine Nippel zu präsentieren. Natürlich reicht es jetzt völlig, einfach den Reißverschluss zu öffnen. Kein Gefriemel, keine Rolle unter dem Kinn. Er grinst mich süffisant an. „Noch Fragen?“

„Nein“, gebe ich kleinlaut von mir.

„Und bevor du mich jetzt bei den anderen Teilen auch zu nerven beginnst“, er hebt das übriggebliebene T-Shirt hoch. „Wenn schon T-Shirt, dann natürlich ein weißes. Warum wirst du dir - schlau wie du bist - ja sicher selber denken können.“

Sicher kann ich dass. Weiße Hemden sind nun einmal eher durchsichtig. Ganz besonders natürlich, wenn sie nass werden

„Die komische kurze Hose hier“, er hebt meine heißgeliebte Allwetterhose hoch, als könnte sie ihn beißen, „ersetzen wir durch einen kurzen Rock. Die lange Version davon kannst du gerne mitnehmen, falls wir ins Gelände gehen. Er stopft die Sachen zurück in meinen Rucksack und greift sich dann einen Stapel Klamotten, die er bereits auf dem Tisch zurecht gelegt hatte. „Und dann nehmen wir das hier noch mit."

Ungläubig starre ich auf die Kleidung, die er da in der Hand hält. Neben dem bereits angekündigten kurzen Rock, bei dem es sich eindeutig um ein Exemplar handelt, das einer Lolita-Schuluniform-Fantasie entsprungen zu sein scheint, ist da noch die Sweatjacke ein BH, der mehr zeigt, als er verdeckt und ein … ich versuche das Teil irgendwie einzuordnen, aber es gelingt mir nicht. „Was ist das?", frage ich und zeige auf ein schlauchartiges schwarzes Ding.

„Ein Kleid."

„Das ist kein Kleid! Das ist ein Schlauch mit Ärmeln", empöre ich mich. Dieses Überbleibsel aus den Achzigern werde ich auf keinen Fall anziehen. Ich runzel die Stirn. „Sind das Löcher?"

„Ja, das Kleid hat zwei Öffnungen mehr, als ein normales Kleid. Problem?", fragt er mich und ich merke, dass er langsam genervt von mir ist. Aber das ist mir in dem Moment egal.

„Allerdings! Du glaubst doch nicht wirklich, dass ich mich in diesen Schlauch quetsche und dann auch noch meine Brüste raushängen lasse?" Ich bin auf 180.

„Das brauch ich gar nicht glauben, weil ich weiß, dass es so sein wird." Er tritt gefährlich nah an mich heran und schaut mir drohend in die Augen. Ich weiß, dass es an Selbstmord grenzt, was ich nun tue, aber das stört mich nicht, so aufgebracht bin ich.

„Auf keinen Fall!"

Ehe ich mich versehe, hat er mich an den Haaren gepackt und umgedreht, sodass er nun ganz dicht hinter meinem Rücken steht. Er zerrt mir erst die Jacke, die ich noch immer trage vom Körper und anschließend auch meinen Rock und meinen Slip. Dann stülpt er mir das grausame Kleid über und zieht es zurecht. An den Haaren schleppt er mich zu dem Spiegel im Flur.

„Sie dich an.", zischt er mir von hinten ins Ohr und ich schäme mich, für das Bild, das ich sehe. Meine Brüste quetschen sich durch die extrem kleinen Löcher des Kleides, was sie irgendwie unnatürlich prall aussehen lässt und zusätzlich ist das Kleid auch noch so kurz, dass nicht einmal meine Scham wirklich bedeckt wird. Ich senke den Blick, will das nicht sehen.

„Sieh dich an!", wiederholt er seine Aufforderung nun deutlich lauter, während er meine Brüste mit seinen Händen packt. Tränen laufen mir über die Wangen.

„Ich finde das sehr praktisch", er zwirbelt kurz an meinen Nippeln herum, dann greift er sich einen langen Schuhlöffel und schiebt damit meine Beine weiter auseinander. Entsetzt muss ich zusehen, wie das Kleid dadurch nach oben rutscht, bis es ungefähr auf Höhe meines Bauchnabels liegen bleibt. Ich bin untenrum komplett nackt.

„Beug dich nach vorne, die Hände an den Spiegel", flüstert er streng und drückt mich dabei bereits nach Vorne. Durch den Spiegel kann ich sehen, wie er sich Hose und Unterhose auszieht. Es ist nicht zu übersehen, dass er bereits extrem hart ist. Ohne Umschweife schiebt er sich tief in meine Lustgrotte um dann schnell fünf- sechsmal hart zuzustoßen, bevor er sich mit einem kehligen „Ah" in mir ergießt.

Er zieht sich wieder an und verschwindet.

Ich stehe noch eine Weile völlig perplex vor dem Spiegel und denke: „Das war es jetzt?, dann folge ich ihm, wie ein begossener Pudel ins Schlafzimmer.

„Was ist?", fragt er beiläufig, während er sich Turnschuhe aus dem Schrank holt.

„Das war zu schnell für mich."

„Bitte?", er dreht sich zu mir um.

„Ich bin nicht gekommen." In dem Moment, in dem ich es ausspreche, weiß ich, wie unglaublich dumm dieser Satz ist, aber da ist er halt schon raus ...

A macht zwei gefährlich langsame Schritte, dann steht er direkt vor mir. „Was bist du?", fragt er und ich bin unsicher, was er jetzt hören will, also starre ich ihn einfach dümmlich an.

„Du bist meine sub, oder?"

Ich nicke.

„Das heißt - soweit ich mit dem Thema vertraut bin -, dass ich dich benutzen kann, *wann* ich will, *wo* ich will, *wie* ich will und *wozu* ich will. Oder nicht?"

Unsicher, wo das hinführen wird nicke ich erneut und er fährt fort:

„Eben habe ich dich benutzt, um mich zu erleichtern. Eben warst du nichts weiter, als mein Lustobjekt. Mein Sexspielzeug. Mein kleines geiles Fickstück. Ein beeindruckend gutes Fickstück", er grinst. „So schnell hab ich schon lange nicht mehr abgespritzt." Er legt einen Finger unter mein Kinn und hebt es leicht an. „Deine Lust ist da völlig irrelevant. Ich bin sicher nicht so ein Arsch, wie V, aber ich bin dennoch ein Dom. Dein Dom. Vergiss das nie!"

Ich spüre, wie sein Samen langsam und klebrig an meinen Schenkeln hinabläuft. Er mustert mich, zieht ein Taschentuch hervor und drückt es mir unsanft in die Hand.

„Mach dich sauber. Dann ziehst du dich um und kommst zu mir ins Wohnzimmer. Vergiss ja nicht, das Kleid einzupacken. Und beeile dich. Wir müssen langsam wirklich los." Dann ist er weg.

Wie in Trance wische ich seinen Samen von meinen Beinen, ziehe mich um und gehe mit meinem Rucksack in der Hand zu ihm ins Wohnzimmer. Im Flur bleibe ich kurz vor dem Spiegel stehen. Meine Handabdrücke sind noch deutlich sichtbar. Ich betrachte mein Spiegelbild und lasse As Worte Revue passieren. Sexspielzeug ... Lustobjekt ... Fickstück ... Ich horche in mich hinein. Sollte da nicht Wut in mir brodeln? Immerhin bin ich eine emanzipierte Frau! Ich bin mehr als irgendein Objekt, dass man benutzt um mal eben schnell *abzuspritzen.* Doch da ist keine Wut. Im Gegenteil. Ich sehe meinem Spiegelbild in die Augen. Da ist nur tiefe innere Zufriedenheit. „Weil A mir den Raum lässt beides zu sein", denke ich. „Emanzipierte Frau *und* geiles Fickstück."

Ich hebe mein Kinn und gehe ins Wohnzimmer.

Ich habe nicht bemerkt, dass A mich zufrieden nickend beobachtet hat ...

Wir biegen in einen kleinen Waldweg ein und folgen dem ziemlich unebenen Weg, bis zu einer kleinen Lichtung, während A das Auto parkt bestaune ich die kleinen Häuser, die in einigen Metern Entfernung stehen. Es müssen ungefähr sechs bis acht Häuschen sein, die sich mit ausreichendem Abstand um eine Feuerstelle mit großem Sitzplatz gruppieren. Dort sitzen und stehen bereits einige Paare um einen riesigen Grill herum. Als sie uns bemerken, beginnen die meisten von ihnen wild zu grölen und zu winken.

„Wir dachten schon, du hättest vergessen, wie man hier her kommt!", schreit ihm ein schlaksiger Typ Mitte vierzig lachend entgegen.

Und ein weiterer ruft: „Oder er hat Angst, dass wir sein Mädchen verderben!", und zuckt dabei wild mit den Augenbrauen auf und ab. Woraufhin er augenblicklich von einer kleinen blonden Frau, die neben ihm steht auf den Arm geboxt wird. „Kannst du dich bitte ausnahmsweise mal für ein paar Minuten benehmen? Dein unnachahmlicher Charme wirft nämlich gerade kein gutes Licht auf uns."

„Ist ja schon gut", beruhigt er die Frau und fügt in meine Richtung noch ein: „Keine Angst, wir sind im Grunde alle ganz nett. Wir quälen nur mit Erlaubnis". Er grinst und A muss leicht lachen.

„Lena, darf ich dir vorstellen: Ein bunter Haufen voller Idioten."

„Hey, pass auf was du sagst, sonst hol ich den Rohrstock und leg dich übers Knie!“

„Hatten wir nicht irgendwann einmal beschlossen, dass Doms keine Doms mehr verprügeln dürfen, weil sich unsere subs damals halb totgelacht haben, als wir den halben Wald zusammen gejammert haben?“

Ich muss schmunzeln.

Ein Mann, wie ein Bär kommt auf A zu und drückt ihn fest an sich. „Mensch ist es schön, dass du wieder im Land bist.“ Direkt hinter ihn folgt eine etwas üppige Frau, mit langem, brünetten Pferdeschwanz und umarmt A ebenfalls herzlich. Dann wendet sie ihren Blick zu mir und ich kann sehen, wie es in ihrem Kopf rattert. „Kann es sein, dass wir uns kennen?“

Ich überlege nun ebenfalls, habe aber keine Idee, wo wir uns schon einmal begegnet sein könnten.

„S ? Hast du nicht auch das Gefühl, dass wir die Begleitung von A schon einmal gesehen haben?“

Unruhig dränge ich mich näher an A heran. Mir ist die Situation äußerst unangenehm. Vor allem, weil nun auch die übrigen Augen auf mich gerichtet sind.

„Möglich, dass ihr Lena schon einmal irgendwo gesehen habt. Berlin ist groß, aber ja doch auch irgendwie ein Dorf, nicht wahr?“

Anscheinend hat A nicht vor seinen Leuten sofort auf die Nase zu binden, dass ich die sub bin, die zusammen mit G vor ein paar Monaten das Stadtgespräch gebildet hat und ich bin ihm mehr als dankbar dafür.

„Ich denke, ich werde Lena jetzt erst einmal zeigen, wo wir heute Nacht schlafen werden.“

„Bier und Bratwürste?“, fragt der Bärige und versperrt A den Weg.

„Im Kofferraum“, A wirft dem Bär seine Autoschlüssel zu uns grinst ihn breit an.

„Sehr gut“, freut der sich und trottet in Richtung abgestellten Auto.

„S kann wirklich ungemütlich werden, wenn nicht jeder das versprochene Essen dabei hat. Er plant unser Essen sehr genau. Nicht, dass am Ende noch jemand verhungert." Er lacht und führt mich dann zu einer der Hütten. Sie steht am weitesten vom Lagerplatz entfernt, direkt am Waldrand.

Das Innere überrascht mich total. Ich hatte eigentlich den Charme eines 70er Jahre Ferienhauses erwartet, doch stattdessen erwartet mich ein modernes Mini-Apartment.

„Glaubst du, du wirst es hier ein paar Tage aushalten?"

Ich schaue ihn mit dramatischem Augenaufschlag an: „Ach wissen Sie, natürlich bin ich deutlich Besseres gewohnt, aber für die paar Tage wird es wohl gehen", ich seufze gekünstelt, bevor ich ihn ansehe und im normalen Tonfall hinzu füge: „Es ist super!"

„Warte ab, bis du später die Extras kennenlernst", er schnalzt zweideutig mit der Zunge und ich sehe ihn neugierig an. „Was für Extras?"

„Das wirst du sehen, wenn es soweit ist. Ich wollte noch etwas mir dir klären."

Das klingt irgendwie ernst und passt so gar nicht hierher. Ich sehe ihn unsicher an.

„Keine Angst. Es ist nichts Schlimmes", er streichelt lachend über meinen Arm und ich atme erleichtert auf. „Du weißt ja, dass alle Paare hier … unsere Vorlieben teilen."

Ich nicke.

„Es wird im Laufe der folgenden Tage sicher die eine oder andere Situation geben, die durchaus sexuell werden könnte … und vermutlich auch …", er gerät ins Stottern und ich muss grinsen.

„Versuchst du mich gerade vor eventuell auftretenden Spielchen zu warnen? Das ist irgendwie niedlich."

„Ja, dumm von mir. Als ob du nicht wüsstest, wo du hier bist … ich will halt nichts erzwingen. Du weißt doch", er tut so als hätte er ein Glas in der Hand, „Grenzen verschieben, auf jeden Fall. Grenzen überschreiten. Niemals!"

Ich sehe ihm tief in die Augen und schaue ihn dankbar an. „Ich bin hier, weil ich dir vertraue. Und mir war natürlich klar, dass an diesem Wochenende mehr passieren wird, als gemeinsames Boule spielen. Du kannst also voll und ganz über mich verfügen. Ich bin mir sicher, du kennst meine Grenzen gut genug.“ Ich neige meinen Kopf und blicke zu Boden. Er versteht die Geste sofort und zwingt mich weiter runter, bis ich vor ihm knie. „Ich danke dir, für dein Vertrauen. Ich bin mir sicher, dir wird unser Wochenende gefallen. Strecke deine Hände nach vorne.“ Ich gehorche und A legt mir ungewöhnlich weiche und relativ schmale Ledermanschetten mit einem beinahe unauffälligen O-Ring an. Passend dazu bekomme ich auch noch ein ledernes Halsband um. Augenblicklich fühle ich mich wohlig zufrieden. Die Gefühle, die diese Utensilien in mir als sub auslösen können, sind geradezu magisch. Sie symbolisieren einfach alles, was ich sein will. Sie geben mir Geborgenheit und Stärke, obwohl sie im Grunde ja in erster Linie dazu da sind, allen zu zeigen, dass ich unter ihnen stehe.

„Und jetzt zieh bitte das weiße T-Shirt und den mittellangen Rock an. Ich gehe schon mal vor und passe auf, dass S nicht wieder alle Bratwürste verkohlen lässt.“

Dann geht er raus und lässt mich allein zurück. Ich atme einmal tief ein und wieder aus, dann stehe ich auf und ziehe an, was A verlangt hat. Bevor ich hinaus gehe, schaue ich kurz in den Spiegel und lächel mir stolz zu, als mein Blick auf das Halsband fällt. Ich ziehe meinen Pferdeschwanz straff und gehe dann zu den anderen hinaus.

A steht mit den anderen Männern am Grill und diskutiert anscheinend über den perfekten Bräunungsgrad einer Bratwurst, während die Frauen sich unter einem Unterstand versammelt haben und dem Spektakel amüsiert zusehen. Kurz weiß ich nicht, wohin ich nun gehen soll, doch noch während ich überlege, winkt mir die kleine blonde Frau freundlich zu. „Los komm zu uns rüber und sieh dir aus sicherer Entfernung an, wie sich erwachsene Männer über eine Bratwurstbräunung echauffieren können". Sie kichert und die anderen stimmen mit ein. Erleichtert, dass ich direkt eingeladen werde, gehe ich an den streitenden Männern vorbei und geselle mich zu den anderen subs. Mir fällt natürlich sofort auf, dass wir *zufällig* alle das gleiche tragen.

„Ich denke, ich stelle uns erst einmal vor." Die Blonde lächelt und zeigt auf die etwas üppigere Frau, die mich ja vorhin bereits erkannt haben will. „Das ist Rita. Sie gehört zu S, dem breiten Typ im Karohemd, der kurz davor ist sich mit deinem A zu prügeln."

Ich sehe zum Grill hinüber und sehe, wie A und S sich fast um die Grillzange schlagen. Ich ziehe meine Augenbrauen hoch.

„Hier", sie fasst die neben ihr stehende Frau sanft am Arm. Sie hat wilde Locken, die sich erfolglos versucht immer wieder aus dem Gesicht zu wischen. „Haben wir Heike. Sie gehört zu L. Das ist der Typ, der in seinem schwarzen Hemd aussieht, als wäre er im Grunewald bei der High Society zu einem Abendessen eingeladen und stünde nicht mit albernen Doms um eine handvoll verbrannter Bratwürste." Und ich heiße Jennifer, aber alle nennen mich nur Jen", sie streckt mir ihre Hand entgegen und ich schüttel sie gerne.

„Ich schätze zwar, dass ihr längst wisst, wie ich heiße", sage ich, „aber um es auch ganz offiziell zu machen: Ich bin Lena."

Alle nicken mir freundlich zu, Heike reicht mir ein Glas Prosecco.

„Auf ein herrlich unterhaltsames Wochenende!", ruft Jen und wackelt dabei mit ihren Brüsten.

„Auf das Wochenende!", grölen wir drei zurück und lassen dabei ebenfalls unsere Brüste hüpfen. Gemeinsam stoßen wir kichernd an.

Den Männern, denen unser wildes Gekicher inklusive der wackelnden Brüste nicht entgeht, sehen aufmerksam zu uns herüber. P sagt etwas zum Rest der Gruppe woraufhin alle nicken. Ich habe keine Ahnung, was sie da gerade ausbaldowern, bin mir aber sicher, dass es mit unseren hüpfenden Brüsten zu tun hat.

Nur Minuten später wedeln die Männer mit der Bratwurstzange. Anscheinend ein eindeutiges Zeichen dafür, dass das Essen fertig ist, denn augenblicklich trollen sich die anderen Frauen und so schließe ich mich ihnen an. Das Essen könnte normaler nicht sein. Es gibt Wurst und Kartoffelsalat, Baguette und Bulgursalat und Grilltomaten. Die Gespräche drehen sich um ganz alltägliche Themen es geht von Kuchenrezepten über Gerd Neuner, einem angeblichen Virtuosen am Flügel, von dem ich noch nie etwas gehört habe, zum Sommer Sale in einer Berliner Luxus-Boutique. Nichts deutet auf das hin, was dann urplötzlich passiert.

Jen und Heike diskutieren gerade bestens gelaunt darüber, ob eine gewisse Britta sich lieber von ihrem Freddi trennen sollte, als P aufsteht und seine Jen an ihrem Halsband von ihrem Stuhl hochzieht.

„Weil du vorhin so viel Spaß dabei hattest, deine süßen Möpse springen zu lassen, kannst du das jetzt noch einmal für alle gut sichtbar wiederholen. Stell dich auf den Tisch“, er schiebt sie bestimmt in die Mitte eines runden Tisches, den die anderen Männer gerade heran getragen haben. Etwas ungeschickt klettert Jen auf den Tisch und steht dann erst einmal einfach nur unsicher da.

„Na los! Tanz ein wenig für uns. Und nicht vergessen: Wir wollen sie hüpfen sehen!“, feuert er sie lautstark an. Jen atmet einmal tief ein und ergibt sich dann ihrem Schicksal. Sie beginnt zu hüpfen und zu wackeln, sodass auch ihre Brüste auf und ab wippen.

„Was meint ihr Männer, reicht uns das?“

„Ich fände es irgendwie nur gerecht, wenn alle für uns tanzen müssten. Immerhin hatten ja auch alle vorhin ihren Spaß“, gibt S zu bedenken und erntet dafür breite Zustimmung. Und so stehen wir ehe wir uns versehen alle auf den Tischen und sollen unsere Möpse schwingen. Das Ganze ist so lustig, dass keine von uns ein wirkliches Problem mit dieser Forderung hat. Bis uns plötzlich mehrere eiskalte Wasserstrahlen treffen. Die Männer haben sich mit riesigen Wasserpistolen bewaffnet und zielen damit explizit auf unsere Brüste. Augenblicklich werden meine Nippel hart und zeichnen sich nun deutlich unter meinem immer nasser werdenden T-Shirt ab. Den anderen subs geht es genauso. Als die Pistolen langsam leer sind, seufze ich innerlich auf.

„Ich finde man sieht zu wenig", mault L und wirft seinen Mitstreitern einen verschwörerischen Blick zu. Wenig später trifft uns auch schon ein deutlich härterer und vor allem größerer Wasserstrahl. Keine Ahnung, wo der Wasserschlauch herkommt, aber wenn ich dachte, dass das Wasser aus den Pistolen kalt war, habe ich mich geirrt. Innerhalb kürzester Zeit bin ich komplett durchgefroren. Mein T-Shirt klebt klitschnass und dementsprechend durchsichtig an meinem Körper und auch meinem Rock geht es nicht wirklich besser.

„Ich denke, wir haben sie fürs Erste genug gebadet", ruft P irgendwann in die Runde und dreht das Wasser ab. Wie eine Horde begossener Pudel stehen wir auf den Tischen und bibbern vor uns hin. Ein Dom nach dem anderen hebt seine sub hinunter. Doch während ich noch denke, dass der Spaß damit zu Ende ist, werden wir bereits grob nebeneinander aufgereiht.

„Und nun dürft ihr uns eure harten Nippel stolz präsentieren. Also: Brust raus - Rücken gerade! Ach und das T-Shirt darf gerne auch angehoben werden." Er grinst.

Noch immer zitternd stehen wir zunächst einfach nur da. Heike ist die Erste, die der Aufforderung nachkommt, das Hemd hebt und ihre Brust weit nach vorne streckt.

„Braves Mädchen", lobt L sie dafür. Triumphierend blickt er die anderen Doms an. Schnell bemühe nun auch ich mich meine harten Nippel formvollendet zu zeigen. Ich will A auf keinen Fall blamieren. Er grinst zufrieden, als er sieht, wie ich mich voller stolz aufplustere um so meine Brüste zu zeigen.

„Was ist mit dir, Jen?", fragt P und der drohende Unterton ist nicht zu überhören. Doch Jen schweigt und bleibt einfach entspannt stehen.

„Hm … L, den Stock bitte“, wendet P sich ruhig an seinen Freund. Dieser nickt nur kurz und reicht P dann eine Rute. Langsam geht P auf Jen zu. „Und? Muss ich den wirklich einsetzen?“ Langsam zeichnet er mit dem Stock die Konturen ihrer Brüste nach. Ich kann genau sehen, wie es in Jen arbeitet. Natürlich will sie ihren Dom nicht bloßstellen, aber man sieht doch auch recht deutlich, dass sie sich ihm eigentlich nichts so einfach fügen will. Am Ende aber gewinnt die sub in ihr und auch sie hebt das Hemd, streckt ihren Rücken durch und bringt so ihre prallen Nippel in Stellung.

„Und was ist mit dir?“, er wendet sich Rita zu. Die funkelt ihn böse an. Die Wasserschlacht scheint ihr absolut nicht gefallen zu haben. „S? Soll ich nachhelfen?“, er blickt S fragend an. Der nickt nur kurz und sagt: „Drei. Auf jede.“ Ohne zu zögern, reißt P Ritas Hemd hoch und schlägt dann abwechselnd dreimal auf ihre Brüste. Die letzten Schläge platziert er dabei genau auf ihren Nippeln. Rita zuckt bei jedem Schlag kurz zusammen, aber ansonsten bleibt sie absolut still. „Sollen wir das Ganze wiederholen?“, fragt P, nachdem er jeder Brust die drei Hiebe verpasst hat. Oder streckst du deine Titten jetzt endlich raus?!“

Rita wirft erst P und dann S einen finsteren Blick zu, bevor sie den Männern ihre steifen Nippel entgegen reckt.

„Sehr schön“, kommentiert P nun die Nippelparade, die sich vor ihm aufgebaut hat und wie er so mit seinem Holzstock vor uns auf und ab geht, erinnert er mich unweigerlich an Colonel Hathi aus dem Dschungelbuch. Ich muss mich enorm zusammenreißen, um nicht laut loszulachen.

„Dürfen wir und jetzt abtrocknen, oder gehört es zu eurem Plan, dass wir uns hier was wegholen?“, fragt Jen zitternd.

„Also gut: Abtreten!“, brüllt P nun auch noch allen Ernstes und ich kann nicht anders, als A zuzuraunen: „Wie Hathi aus dem Dschungelbuch.“ Der schaut mich verwundert an dann beginnen seine Gesichtsmuskeln verräterisch an zu zucken. „Du bist ganz schön frech", flüstert er zurück und gibt mir ein riesiges flauschiges Handtuch.

In unserer Hütte wirft A sich sofort auf das Bett. Er schaut mich an und sagt: „Zieh deine nassen Sachen aus, häng sie draußen auf und dann komm zu mir."

Das lasse ich mir nicht zweimal sagen. Schnell streife ich mein T-Shirt und meinen Rock ab, wickle mich in das Handtuch und hänge beides vor unserer Hütte auf. Als ich wieder hinein komme, hat A sich bereits unter eine Decke gekuschelt. „Halt! Bleib kurz da stehen."

Also bleibe ich mitten im Raum stehen und warte.

„Leg das Handtuch weg."

Langsam lasse ich das Handtuch zu Boden gleiten.

„Und jetzt, komm zu mir."

Ich gehe zum Bett hinüber und lege mich zu ihm. In diesem Moment erscheint mir alles erschreckend normal. Zärtlich beginnen seine Finger meine Nippel zu umkreisen. Sofort breitet sich ein wohliger Schauer in mir aus und ich seufze zufrieden. A lächelt, lässt seine Finger weiter hinab gleiten, bis er schließlich meine Lustspalte erreicht hat. Ich stöhne auf und spreize begierig meine Beine weiter auseinander. A lässt sich nicht zweimal bitten und widmet sich ausgiebig meiner immer feuchter werdenden Liebeshöhle. Ich stöhne ein weiteres mal auf, nur um mir im selben Augenblick auf die Zunge zu beißen. „Diese Hütte ist sicher nicht besonders gut isoliert", schießt es mir durch den Kopf und so konzentriere ich mich darauf, nicht zu laut zu stöhnen.

„Du musst dich nicht beherrschen.", kommentiert A meine Bemühungen. „ Lass dich fallen. Gib dich deiner Lust hin."

„Aber das wird man doch sicherlich hören", werfe ich völlig überflüssigerweise ein.

„Glaub mir, diese Lichtung wird in den nächsten Stunden und Tagen noch ganz anderes hören." Er grinst und schiebt gekonnt zwei

Finger in mich hinein, während er mit einem anderen Finger weiter meinem Kitzler massiert. Gierig recke ich mich ihm entgegen, was er zufrieden zur Kenntnis nimmt. Mit einem Schwung platziert er sich zwischen meine Schenkel, presst sie weit auseinander und schiebt sich schnell und hart in mich hinein. Ich stöhne. Und diesmal ist es mir völlig egal, ob mich irgendwer hört. Mit kräftigen Schüben schiebt er sich immer und immer wieder bis zum Anschlag in mich. Ich bin kurz davor zu kommen, als er sich abrupt aus mir zurückzieht.

„Dreh dich um! Auf die Knie!"

Ich gehorche und hocke nur Sekunden später auf allen Vieren vor ihm.

„Oberkörper nach unten und Arsch in die Höhe … so ist's gut."

Kurz habe ich Angst, er könnte versuchen sich jetzt meinen Hintereingang vorzunehmen und versteife mich ein wenig.

„Keine Sorge, heute noch nicht", flüstert er mir von hinten ins Ohr. Er streichelt über meine Backen und ich entspanne mich wieder. Dann gibt er mir zwei, drei Klapse mit der flachen Hand und dringt anschließend erneut fest und tief in mich ein. Immer schneller und immer härter stößt er zu und ich begleite jeden seiner Stöße mit einem lauten Stöhnen. Doch erneut zieht er sich zurück, gerade als ich kurz vor meinem Orgasmus bin.

„Nicht aufhören! Nicht aufhören", japse ich und strecke ihm meinen Arsch auffordernd entgegen.

„Ist meine kleine sub etwa geil?"

Ich schweige und strecke ihm stattdessen erneut meinen Hintern entgegen. *Klatsch!* Ein heftiger Schlag trifft mich mitten zwischen meine Schenkel. „Ich habe gefragt, ob meine kleine sub geil ist?", herrscht er mich an. Ich nicke, was er bei meiner Körperhaltung allerdings kaum sehen kann. Es klatscht ein weiteres Mal. „Los! Antworte. Bist du geil?"

„Ja Herr, ich bin geil", flüstere ich in die Kissen.

„Bitte? Ich kann dich nicht hören. Sprich gefälligst lauter."

„Ja, ich bin geil", diesmal habe ich meinen Kopf aus den Kissen genommen, doch zufrieden ist A noch lange nicht.

„Lauter!" Noch ein Schlag.

„Ja, verdammt ich bin geil", schleudere ich ihm wütend entgegen.

„Zufrieden?"

„Was denkst du?", seine Stimme hat einen gefährlichen Unterton bekommen. „Ich bemühe mich, nett zu dir zu sein, ich ficke dich in Grund und Boden und du wagst es die Stimme zu erheben, wenn ich dir eine ganz einfache Frage stelle? Steh auf!" Er zieht mich an den Haaren hoch und schubst mich aus dem Bett

Verschreckt bleibe ich am Boden liegen und starre ihn an. „Eben war doch alles noch so nett und so normal", denke ich.

„Warum antwortest du nicht laut und deutlich, wenn ich dich etwas frage?"

„Ich …", ich zögere, doch ich will ihn auf keinen Fall noch weiter reizen, also sage ich: „Ich wollte nicht, dass die anderen mich hören."

„Erst stöhnst du das halbe Camp zusammen und dann ist es dir auf einmal peinlich zuzugeben, dass ich dich geil mache?"

Ich nicke.

„Das ist lächerlich!" Er steht auf und geht zur Tür. „Komm mit." Er öffnet die Tür und tritt hinaus. „Auf allen Vieren, versteht sich!", ergänzt er und wartet. Langsam setze ich mich in Bewegung. Mir schwant nichts Gutes. An der Türschwelle verharre ich kurz. „Bitte Herr, muss das sein?"

Für den Bruchteil einer Sekunde mustert er mich und ich denke, er hat es sich anders überlegt. Dann kommt er jedoch mit zwei schnellen Schritten zu mir zurück, packt mich erneut bei den Haaren und schleift mich förmlich einige Meter hinter sich her. Ungefähr in der Mitte der Häuser bleibt er stehen, drückt meine Beine auseinander und fährt prüfend mit zwei Fingern durch meine Spalte. Dann hält er mir die Finger vor mein Gesicht und fragt: „Sind die nass?"

Ich hauche: „Ja Herr.“

„Also bist du noch immer geil, oder etwa nicht?“, seine Stimme ist eine Mischung aus Eisblock und Heiterkeit.

„Ja.“, antworte ich möglichst deutlich, um ihn nicht zu ärgern. Doch natürlich ist es ihm noch immer zu leise.

„Sag es laut. Ich will, dass alle hören, dass du ein kleines geiles Stück bist.“

„Bitte, Herr. Nein.“ Ich möchte vor Scham im Erdboden versinken. Streng schaut er auf mich hinunter. „Also fein. Ich lasse dir die Wahl. Entweder, du rufst jetzt laut und deutlich, was ich dir gesagt habe, damit alle *hören*, dass du ein kleines geiles Stück bist. Oder ich werde dich hier auf dem Platz fingern und ficken bis du vor Geilheit jaulst, damit alle *sehen,* dass du ein kleines geiles Stück bist.“

Ich starre ihn ungläubig an. Das würde er doch nicht wirklich machen, oder?

Langsam streichen seine Finger meinen Rücken entlang, über meine Pobacken weiter …

„Ich bin ein kleines geiles Stück“, sage ich laut und deutlich aus purer Angst, er könnte mich wirklich vor den Augen der anderen vögeln.

„Schon ganz nett, aber ich denke das geht auch lauter.“

Ich schließe die Augen und rufe. „Ich bin ein kleines geiles Stück!“ Ich rechne damit, dass sich augenblicklich alle Türen öffnen und ich angestarrt oder ausgelacht werde. Doch es passiert nichts dergleichen. Stattdessen höre ich es aus der Hütte vor uns nur: „Na wie schön für A.“ und anschließend leichtes Gelächter aus den anderen Häusern.

„Idioten!“, brüllt nun auch A und muss dabei aber ebenfalls lachen. Ich entspanne mich augenblicklich und falle in das Lachen mit ein.

„Dieser Haufen macht jede Erziehungsmaßnahme zunichte“, beschwert sich A und stapft zurück zu unserer Hütte. „Los komm.

Aber bleib auf den Knien", seufzt er und so folge ich ihm auf allen Vieren zurück zum Bett. Unschlüssig, was nun kommt, bleibe ich zunächst vor dem Bett knien. A schaut auf mich hinunter und scheint ebenfalls zu überlegen, wie der Abend nun weiter gehen soll.

„Leg dich hier neben mich", er klopft mit der Hand auf das Bett. „Auf dem Rücken, Beine leicht gespreizt."

Ich tue, was er sagt und warte gespannt. Er greift unter sein Kopfkissen, holt ein Gerät heraus, das mich entfernt an ein Ohrthermometer erinnert. Sanft zieht er meine Schamlippen ein wenig auseinander und platziert dann das seltsame Gerät mitten auf meiner Klitoris. Nur Sekunden später erfasst mich ein Kribbeln, wie ich es bisher noch nie gefühlt habe.

„Oh mein Gott", japse ich, „Was ist das?"

„Schsch … genieße es einfach."

Das sagt sich so leicht. Schneller als ein D-Zug fühle ich die erste Orgasmuswelle auf mich zu rollen. Diese Geschwindigkeit scheint auch A zu überraschen.

„Wow, ich wusste, dass er gut ist, aber so gut." Geradezu beeindruckt schaut er auf das kleine unscheinbare Teil auf meinem Kitzler. „Na gut, dann probieren wir das doch gleich noch einmal." Er schaltet das Gerät erneut an und wieder erfasst mich in sekundenschnelle eine unglaubliche Erregung. Diesmal ist A jedoch vorgewarnt und nimmt das Ding von mir runter, kurz bevor ich komme. Allerdings nur, um ihn eine Minute später wieder an seinem Einsatzort zu platzieren. Dieses für ihn äußerst unterhaltsame und für mich quälende Spiel, wiederholt er etliche Male. Ich bin mittlerweile fix und fertig. „Bitte, nicht noch mal", keuche ich, als er dieses entwürdigende Spiel zum x-ten mal wiederholen will.

„Gefällt dir mein kleines Geschenk für dich denn nicht? Also mir gefällt absolut, was ich sehe." Er zieht die Decke zur Seite und legt damit seinen extrem harten Schwanz frei. Genüsslich umfasst er seinen Schaft und legt diesen sonderbaren Vibrator zurück auf meine Scham. „Ich werde die niedrigste Stufe für dich einstellen, damit wir beide etwas Zeit haben …“ Und schon pulsiert das Ding wieder los. Es ist noch immer äußerst erregend, aber tatsächlich aushaltbar. Im Gegensatz zu den vorherigen Attacken kann ich diese Runde wirklich ein wenig genießen. Zufrieden stöhne ich auf und gebe mich komplett den Lustimpulsen hin, die mir dieses Ding beschert. A grinst zufrieden und beginnt nun seinerseits sich selbst zu versorgen. Verstohlen beobachte ich, wie sich seine Hand rhythmisch auf und ab bewegt. Ein Schwarm Schmetterlinge breitet sich in meinem Magen aus. Ich frage mich, ob das von dem Vibro-Ding kommt oder ob mich der Anblick von As Schwanz so heiß macht.

Lüstern kleben meine Augen förmlich an seiner glänzenden Eichel. „Du schaust also Männern gerne beim wichsen zu. Macht dich das etwa geil, wenn Männer dich als Wichsvorlage benutzen?“

Sofort schießen mir die Bilder von Vs Züchtigung in der alten Fabrikhalle in den Kopf. Die Kommentare der anonymen Männer, die sich an mir aufgegeilt haben … „Nein!“, sage ich erschrocken und meine es in diesem Moment auch genauso. A spürt, dass er einen Punkt getroffen hat und reißt das Ruder gekonnt um, bevor mich die Erinnerungen komplett übermannen können.

„Hm, ich könnte schwören, dass es dich gerade ziemlich anmacht mir zuzusehen.“ Er zieht fragend eine Augenbraue hoch und lässt dann betont langsam und demonstrativ seine Hand an seinem Schwanz auf und wieder hinab gleiten. Mir entschlüpft ein tiefes Stöhnen. Ich will dieses Prachtexemplar auf der Stelle in mir spüren. Will spüren, wie er sich aufbäumend in mir ergießt. Will …
Gierig greife ich nach ihm, doch A hält meine Hand auf, bevor sie seinen Schwanz berühren kann.

„Oh nein. Den finalen Abschluss des heutigen Abends bekommst du nach den Zicken vorhin ganz sicher nicht auf einem Silbertablett serviert.“ Er massiert sich schneller und regelt auch meinen

Lustspender deutlich nach oben. Sofort steigern sich meine Lustwellen ins beinahe unerträgliche. Ich japse und keuche. Mein Unterleib beginnt zu zucken. Ich stöhne, will auf keinen Fall ohne ihn kommen. „Ich kann es nicht länger aufhalten. Bitte. Ich will nicht noch einmal alleine kommen …", flehe ich ihn laut keuchend an. Er kniet sich dicht neben mich und hält mir seinen Prügel direkt vor mein Gesicht. „Du willst nicht alleine kommen? Du willst spüren, wie ich komme?"

Ich nicke hastig, denn viel Zeit bleibt mir nicht mehr. Doch auch A ist kurz davor. Ich stöhne laut auf, als ich die Orgasmuswelle kommen spüre. A erhöht die Geschwindigkeit seiner Hand, dann verharrt er plötzliche für den Bruchteil einer Sekunde, bevor er sich mit zwei weiteren Reibungen zum Ende treibt. Warm spritzt sein Samen auf meine Brüste und ich keuche laut auf, bevor ich komplett erschöpft in die Kissen sinke. A scheint es ähnlich zu gehen. Vorsichtig nimmt er das Toy von meiner Klitoris und lässt sich dann schwer neben mich fallen.

„Himmel. Du bringst mich wirklich noch um", schnauft er.

„Sagt der Dom, der seine sub gerade wie oft hat kommen lassen?" Lächelnd zieht er ein Tuch unter seinem Kissen hervor und beginnt zärtlich mich zu säubern.

„So einen Service habe ich noch nie bekommen", scherze ich und taste neugierig unter sein Kissen. A legt den Kopf schief und fragt: „Was suchst du da?"

„Keine Ahnung, ich wollte nur mal sehen, was du sonst noch so unter deinem Kissen versteckt hast."

Jetzt greift er ebenfalls hinter sich und sagt: „Nur das Nötigste. Eine Augenbinde, Handschellen, ein paar Klammern ..." Er hält mir eine Flasche Wasser hin. „Durst?"

Ich lache kurz auf. „Mehr nicht? Das ist enttäuschend." Ich greife nach dem Wasser und nehme dankbar einen großen Schluck. Völlig entspannt schaue ich an in die Augen und versinke förmlich in ihnen. Ich bin rundum glücklich. Alles fühlt sich bei A so richtig an.

„Was grübelst du?", sanft streicht er mir eine Haarsträhne aus dem Gesicht. „Ich frage mich einfach, warum sich das alles bei dir so gut - so richtig - anfühlt?"

„Weil ich durchaus Spaß daran habe dein Glas bis an die Tischkante zu schieben, aber gleichzeitig wie ein Zerberus darauf schaue, dass es bloß nicht herunter fällt, vielleicht."

„Du bist einfach kein Sadist."

Er lacht kurz auf. „Oh, täusche da bloß nicht. Ich kann sogar sehr sadistisch sein. Aber ich habe kein Interesse daran, dich endgültig zu brechen, damit ich dann damit vor anderen angeben kann. Wie gesagt, S/M hat bei mir einen Anfang und ein Ende. Den Rest der Zeit umgebe ich mich gerne mit einer gleichberechtigten Frau."

„Weil du damit umgehen kannst."

„Hm, Oder weil ich vielleicht einfach nur ein faules Weichei bin." Er zuckt mit den Schultern. „So eine Dauererziehung kostet immerhin viel Zeit und Energie."

„Also ich sehe hier weit und breit kein Weichei …" Ich taste spielerisch nach seinem Penis, der problemlos augenblicklich wieder steif wird. A brummt genüsslich. „Das fühlt sich wirklich verlockend an, aber können wir das trotzdem auf morgen verschieben? Ich gebe es ungern zu, aber dein Dom ist schrecklich müde."

Ich ziehe meine Hand zurück und kuschle mich stattdessen ganz fest an ihn. „Weichei", flüstere ich.

„Vorsichtig", knurrt A belustigt und zwickt mich kurz in meinen Nippel. „Sonst bitte ich einen meiner sicherlich noch fitten Dom-Freunde dich zur Ruhe zu bringen."

Am nächsten Morgen ist der Platz neben mir leer. Ich luge aus dem Fenster an unserem Bett und kann sehen, dass draußen bereits reges Treiben herrscht. Müde quäle ich mich aus dem Bett. A hat mir etwas zum Anziehen auf dem Tisch zurecht gelegt. Es ist das furchtbare Schlauchkleid und ich bin kurz davor es einfach liegen zu lassen, als ich sehe, dass er mir auch die Sweatjacke dazu gelegt hat. Immerhin habe ich so die Chance meine Brüste zu bedecken. Seufzend füge ich mich seinem Wunsch und quetsche mich in das widerliche Kleid, dann gehe ich hinaus. S bereitet gut gelaunt eine riesige Portion Rührei über dem Grill zu, A und P toasten Brot und der Rest der Gruppe sitzt bereits fröhlich schnatternd am Tisch. Während ich mich neben Jen niederlasse, taxiert A mich genau. Vermutlich will er sicherstellen, dass ich mich an seine Kleidungswünsche gehalten habe.

„Guten Morgen", Jen schaut mich grinsend von der Seite an. „War ja'ne ziemlich ausgiebige Nacht bei dir gestern ..."

Ich spüre, wie mir die Hitze ins Gesicht steigt. „Lachend knufft sie meinen Oberarm. „Hey, kein Grund rot zu werden. Wenn du nicht selbst so laut gewesen wärst, hättest du mich oder Heike sicher auch die halbe Nacht gehört." Ihr Blick wird etwas ernster. „Wir sind alle sehr froh, dass du A anscheinend so gut tust. Du weißt doch, warum er so lange in Thailand war?"

Ich nicke und sie lächelt wieder. „Mach dir also bitte keine Gedanken. Was im Camp *Lust & Qual* passiert, bleibt auch im Camp. Oberste Regel! Auch wenn der quälende Anteil sich in diesem Jahr bisher stark in Grenzen hält ..."

„Oha", plötzlich steht L hinter uns. „P, deine Kleine findet dich zu nett!", ruft er P zu und grinst dabei süffisant.

Neugierig schlendern P und A zu uns. „Wer ist zu nett?", fragt A.

„P anscheinend. Jen hat sich gerade beklagt, dass es bisher zu wenig Qual im Camp gab."

A zieht hörbar die Luft durch die Zähne, setzt sich zu mir und flüstert: „Das hätte sie nicht tun sollen."

„Du willst also mehr Qualen?", bedrohlich baut sich P hinter Jen auf und ich kann sehen, wie ihr Lächeln verschwindet. „Mehr Schmerzen?", er zieht grob an ihrem Zopf, sodass sich ihr Körper schmerzhaft nach hinten biegen muss. „Mehr Demütigung?", mit einem Ruck zerreißt er ihr Oberteil. „Setz dich wie es sich gehört dort drüben neben den Grill. Und dann wirst du brav deine Brüste festhalten und mir, wie ich es dir einst beigebracht habe, präsentieren." Seine Stimme gleicht einem Eisberg.

Mit vor Schreck geweiteten Augen starrt Jen ihren Dom an. „Für den Stock?", ihre Stimme zittert fast ein wenig.

„Kluges Mädchen. Und jetzt beweg deinen Arsch neben den Grill!"

Langsam schleicht Jen zum Grill, setzt sich dort, wie es sich für eine gute sub gehört hin und legt sich ihre Brüste auf ihre Hände. P hat sich in der Zwischenzeit einen Rohrstock holen lassen und baut sich nun vor Jen auf. „Vergiss nicht, dass du dir das hier selber gewünscht hast", er streichelt ihr sanft über den Kopf, dann holt er aus und beginnt Jens Brüste mit dem Stock zu bearbeiten. Es ist nicht zu übersehen, dass er nicht gerade zimperlich mit Jen ist. Ziemlich schnell beginnt sie sich zu winden und zu weinen. Doch P bleibt davon gänzlich unbeeindruckt und schlägt munter weiter. Ihre Brüste glühen bereits und ich bin mir sicher, dass sie später grün und blau sein werden.

„S, würdest du uns freundlicherweise einen Eimer mit Wasser bringen. Ich glaube Jen kann eine Abkühlung gebrauchen."

S nickt und kommt wenige Momente später mit einem Wassereimer zurück, der zusätzlich mit Unmengen Eis bestückt wurde.

P packt Jen am Hinterkopf und drückt ihre geröteten Brüste blitzschnell in den Eiswassereimer, was Jen laut aufschreien lässt.

„Wer schreit …", er zieht sie kurz hoch, nur um Augenblicke später ihren Kopf in dem Eimer zu versenken. „muss mit den Konsequenzen leben." Immer und immer wieder zieht er ihren Kopf aus dem Eimer, nur um ihn Sekunden später wieder hinein zu tunken. Irgendwann hat er genug von diesem Spiel und kickt den Eimer um. „In die Hütte! Dort erwartest du mich, wie ich es am liebsten mag. Und leg die fiese Gerda bereit." Er gibt ihr einen Schubs in Richtung ihrer Hütte und Jen trottet pitschnass und zitternd los.

Während die anderen sich ihrem Frühstück widmen, als wäre nichts geschehen, bleibt mir mein Toast beinahe im Hals stecken. Irritiert knabbere ich an dem trockenem Stück Brot herum und schweige. Natürlich weiß ich, dass Jen das gut verkraften wird. Dass sie gerade jetzt vermutlich sogar freudig erregt auf ihren P wartet. Dennoch kann ich nicht verhindern, dass ich mich selbst frage, ob das, was A oder früher eben auch V mit mir gemacht haben auf Außenstehende auch so befremdlich wirkt. Ich fand die Vorführung grausam und gleichzeitig aber auch irgendwie extrem anregend. Was sagt das über mich? Was stimmt eigentlich nicht mit mir, dass ich beim Anblick solcher Szenen feucht werde, anstatt aufzuspringen und einzugreifen? „Weil Jen und P das genauso wollen", sage ich mir selbst. „Weil es eben keine Folter im eigentlichen Sinne ist, sondern ein erotisches Spiel. Egal wie seltsam das auch auf Außenstehende wirken mag."

P verabschiedet sich und folgt Jen in ihre Hütte. Nur wenige Augenblicke später ertönt erst eine Salve von spitzen Schreien, die schließlich jedoch in lautes Stöhnen übergehen.

„Nein", denke ich, „so klingt wahrlich keine Folter."

A, der mich die ganze Zeit über beobachtet hat, reicht mir eine Portion Ei. „Geht es dir jetzt besser?"

Fragend blicke ich ihn an. „Was meinst du?"

„Du hast dir wegen Jen Sorgen gemacht. Oder etwa nicht?"

Ich zucke mit den Schultern. Es ist mir peinlich das an einem Ort wie diesem zuzugeben, eben weil ich ja weiß, dass P seiner Jen nie ernsthaft etwas antun würde. Genauso wenig, wie A mir.

„Ich finde es völlig in Ordnung, dass du genau hinsiehst und dir Gedanken machst. Wir wissen beide, dass unter dem Deckmantel von S/M auch hin und wieder Dinge passieren, die da nicht hingehören. Und so gut kennst du P und Jen noch nicht." Er streichelt meine Hand. „Hinsehen und hinhören ist nie falsch."

Ein erneutes Stöhnen dringt aus dem Häuschen und A muss grinsen. „Ich denke das, was wir gerade hören, zeigt recht deutlich, wie es den beiden gerade geht."

Gegen Mittag brechen wir alle zu einem kleinen Badesee auf, der laut A zum Gelände gehört. Noch immer trage ich meine Jacke, einfach weil ich mich nur in dem Kleid nicht zeigen möchte.
„Schwitzt du nicht langsam in dieser hässlichen Jacke?", fragt A und mustert mich ausgiebig.
„Ach, es geht", lüge ich und bemühe mich möglichst gelassen zu wirken.
„Du bist wirklich eine erbärmlich schlechte Lügnerin. Willst du mit dem Ding nachher auch ins Wasser?"
„Vielleicht will ich ja gar nicht ins Wasser"
„Wie du meinst. Deine Sache … noch."

Kaum, dass wir den See erreicht haben, springen Heike, Rita und ihre Männer auch schon in das kühle Nass. P folgt ihnen und ruft ungeduldig nach seiner Jen. Die setzt sich jedoch zunächst neben mich und blickt mich fragend an.
„Magst du nicht mitkommen?"
„Nein, vielleicht später", schwindel ich sie an. Sie zuckt munter mit den Schultern, zieht sich völlig unbekümmert ihr Shirt über den Kopf und hüpft dann bestens gelaunt zu den anderen.
„Himmel, ihr Hintern sieht schlimm aus", rutscht es mir lauter als geplant raus und A muss grinsen. „Das ist vermutlich das Werk der fiesen Gerda."
„Der wer?"
„Die fiese Gerda. Ein Lieblingsinstrument von P. Die ist aus Delrin. Ein Kunststoff, der extrem unangenehm ist, wenn man ihn als Gerte gebraucht."
„Sieht wirklich heftig aus. Hast du auch so eine?"

„Ja. Aber ich benutze sie nicht gerne. Irgendwie ist sie mir unsympathisch.“

„Unsympathisch?“, ich schaue ihn belustigt an.

„Du weißt schon. Manche Geräte liegen gut in der Hand, andere eben nicht.“

„Verstehe.“

Wir sehen den anderen eine Weile schweigend beim planschen zu. Die Szenerie wirkt wie ein Ausflug von albernen Teenagern. Kaum zu glauben, dass die selben Menschen sich heute Abend sicher wieder voller Lust den verschiedensten Schmerzen hingeben werden.

„Fühlst du dich wohl hier im Camp?“

„Ja“, sage ich ohne überlegen zu müssen. Ich fühle mich wohl.

„Schön, das ist gut“, sagt A und klingt dabei irgendwie seltsam. Ich ahne, dass er diese Information noch gegen mich verwenden wird, beschließe aber jetzt nicht weiter darüber nachzudenken.

Die subs kommen kichernd und kreischend auf uns zu gerannt, dicht gefolgt von den Männern, die lustigerweise im Gegensatz zu den Frauen nicht komplett nackt sind, sondern allesamt in Badehosen stecken. „Das ist irgendwie unfair“, denke ich, bin gleichzeitig aber äußerst froh, dass mir der Anblick diverser Penisse erspart bleibt.

„Du steckst ja immer noch in dieser schrecklichen Jacke.“ Jen lässt sich nackt neben mir nieder und greift strahlend nach einer Flasche Apfelsaftschorle.

„Sie schämt sich für das Kleid, das sie darunter tragen muss“, klärt A sie auf und kann sich ein fieses Lächeln nicht verkneifen.

„Verstehe“, Jen lacht. „Muss ja ein wirkliches übles Teil sein.“ Sie versucht meinen Reißverschluss zu öffnen, um mein Kleid sehen zu können. Hektisch schlage ich ihre Hand weg. „Bitte! Lass einfach zu, ja?“

„Okay … aber dir ist schon klar, dass alle hier ganz sicher schon seltsameres angehabt haben?“

Ich nicke. Natürlich weiß ich, wie albern ich mich anstelle.

„Egal. Wenn du nicht willst, respektiere ich das natürlich. Allerdings bezweifle ich, dass dein Herr das genauso sieht. Ich bin mir sicher, es hat einen Grund, warum er will, dass du - was auch immer du da hast - anziehst.“

Das befürchte ich auch, doch zunächst verläuft der Nachmittag völlig entspannt.

Als die Sonne irgendwann langsam hinter den Baumwipfeln verschwindet, machen sich alle für den Heimweg fertig. Alle, außer A. Während die anderen Paare ihre Sachen zusammensuchen und sich etwas über ziehen, bleibt A völlig ruhig auf unserer Decke sitzen.

„Sollten wir nicht auch zusammenpacken?“, frage ich.

„Noch nicht. Ich möchte die anderen gerne vorgehen lassen.“

„Warum?“

„Das wirst du früh genug erfahren.“

In meinem Magen beginnt es zu rumpeln.

„A gibt P ein seltsames Handzeichen. Der nickt grinsend und winkt uns dann zum Abschied zu. Nur Minuten später sitze ich allein mit A am See. Neugierig schaue ich ihn an, doch A schweigt und sieht demonstrativ desinteressiert auf das Wasser. Also schweige ich ebenfalls und versuche die aufsteigende Nervosität zu unterdrücken. Ein hoffnungsloses Unterfangen. Unruhig knibbeln meine Finger an unserer Decke herum.

„Warum so nervös?“, fragt A mich irgendwann. Belustigt blickt er dabei auf meine Finger, die kurz davor sind ein Loch in unsere Unterlage zu rubbeln.

„Wie kommst denn darauf?“, ich schaue ihn dämlich grinsend an.

Langsam beugt er sich zu mir und beginnt ganz langsam den Reißverschluss meiner Jacke zu öffnen. Ich lasse ihn gewähren. Ich weiß, dass Gegenwehr keinen Sinn machen würde. Nachdem er den Verschluss geöffnet hat, schiebt er die Jacke über meine

Schultern, so dass ich nun doch in diesem schrecklichen Schlauch vor ihm sitze. Meine Brüste pressen sich durch die Öffnungen und meine Nippel reagieren mit aufsteigender Härte auf den Temperaturwechsel.

„Ich verstehe wirklich nicht, warum du dieses Kleid nicht leiden kannst", er schiebt den Rock nach oben, bis auch meine Scham frei liegt. Die kühle Abendluft umspielt meinen Kitzler.

„Leg dich hin und spreiz deine Beine."

Ich höre, wie A in unserem Korb herumwühlt und beginne nervös ein wenig zu zittern.

„Schsch." Sanft streichen seine Finger über meine Spalte, bevor ein ziehender Schmerz meine Schamlippe durchflutet.

„Au!", entfährt es mir, weil ich absolut nicht darauf vorbereitet war.

„Aber nicht doch. Nicht schreien. Schön ruhig bleiben, sonst muss ich dir einen Knebel verpassen."

Ich atme tief ein und mache mich auf weitere Schmerzen gefasst. Und die kommen auch umgehend.

Abwechseln links und rechts zwickt A mir irgendwelche Klammern an meine Schamlippen.

Krampfhaft presse ich meine Lippen aufeinander, damit mir nicht aus Versehen noch ein Mucks herausrutscht. Auf keinen Fall will ich, dass A mir einen Knebel verpasst. Wie gesagt: Ich hasse Knebel! Dieses Gesabber, was irgendwann unweigerlich einsetzt finde ich einfach nur ekelhaft. Als er je vier Klammern auf jeder Seite platziert hat, befestigt er an Zweien von jeder Seite Schnüre, an denen kleine Kugeln hängen. Sie sind erstaunlicherweise nicht schwer. Um diese Art Schmerz scheint es A also nicht zu gehen.

„Steh auf!"

Ich erhebe mich und dabei schlagen die Kugeln aneinander und klingeln wie kleine Weihnachtsglöckchen.

„Und genau dieses Geräusch wirst du jetzt versuchen zu vermeiden."

„Bitte?“, ich schaue A fragend an. Die seltsamen Klammern samt ihrer klingelnden Kugeln ziehen an meinen Schamlippen und nerven mich.

„Wir werden jetzt ebenfalls zum Camp zurück gehen und ich möchte, den ganzen Weg über kein Ton von deinen Kügelchen hören.“ Er lächelt mich an und greift sich unsere Decke und unseren Korb. „Also los! Avanti avanti!“ Er gibt mir einen Klaps auf meinen Hintern und schon klingelt es zwischen meinen Schenkeln. „Oha, das klappt aber noch nicht sehr gut. Vielleicht braucht es mehr Ansporn.“ Er baut sich ernst vor mir auf. „Jedes Geräusch, bedeutet 10 Schläge. Mit was, entscheide ich dann glaube ich später. Vielleicht variiere ich die Schlaginstrumente auch …“ Er setzt ein grüblerisches Gesicht auf. „Aber weil heute so ein netter Tag ist, zählt das Klingeln von eben noch nicht.“

Mein Gesicht verzieht sich zu einem gekünsteltem Lächeln. „Aber, aber, ein wenig mehr Dankbarkeit wäre schon angebracht. Und jetzt lost, sonst stehen wir morgen früh noch hier.“ Er stellt sich hinter mich und ich versuche vorsichtig einen Fuß vor den anderen zu setzten. Dabei bemühe ich mich, meine Schenkel möglichste weit auseinander zu halten. Erstaunlicherweise bereiten mir die Klammern und das Gewicht der schwingenden Kugeln so gut wie keine Schmerzen. Vermutlich, weil ich so sehr auf jede meiner Bewegungen konzentriert bin. Breitbeinig stakse ich wie ein Zombie den Waldweg entlang. Nicht zum ersten Mal frage ich mich, was an solchen Spielen nun eigentlich erregend sein soll.„Geht das vielleicht auch etwas schneller?“, höre ich A hinter mir ungeduldig.

Behutsam steigere ich meine Schrittzahl ein wenig. Sofort geraten die Kugeln zwischen meinen Beinen deutlich ins Schwingen. Ich bin so auf meine Schenkel und meine Füße konzentriert, dass ich den Ast, der tief in den Weg hinein ragt nicht bemerke. „Autsch!“, entfährt es mir, als sich meine Haare in dem Gestrüpp verfangen und natürlich gerate ich aus dem Tritt und die Kugeln beginnen leise zu klingen.

„Oh, wie schade. Ich dachte du schaffst das. 10.“ Die Schadenfreude ist nicht zu überhören. „Du siehst übrigens sehr reizend aus, wenn du so breitbeinig durch den Wald humpelst.“

Ich verziehe das Gesicht zu einer blöden Grimasse und bin froh, dass A hinter mir steht und das nicht sehen kann. Ich bin mir sicher es würde ihm nicht gefallen und gäbe ganz sicher zusätzlichen Ärger.

„Weiter geht's.“

Ich setze mich wieder in Bewegung doch bevor ich meinen Rhythmus wieder gefunden habe, schlagen diese blöden Dinger erneut gegeneinander.

„20!“

Als wir schließlich das Camp erreichen, stehen bereits 40 Schläge auf meinem Konto.

Zu meinem Entsetzen sind die anderen nicht schon in ihren Hütten verschwunden, sondern sitzen gemeinsam an dem großen Tisch. Ich erstarre auf der Stelle.

„Nein“, entfährt es mir und ich starre A an.

„Vertraust du mir?“ Sein Blick ist erschreckend ernst.

„Jaaa …“

„Und vertraust du meinen Freunden?“

Ich zögere kurz. Woher soll ich das wissen. Ich kenne sie ja kaum. Aber A vertraut ihnen. Und ich glaube, dass er sich erst 100%ig sicher sein muss, bevor er jemanden vertraut. Also nicke ich ganz langsam.

„Gut, dann komm. Ich garantiere dir, dass dir nichts passieren wird, was dir ernsthaft schaden könnte. Ich bin mir sicher, es wird dir am Ende des Tages gefallen“, er grinst und ich beschließe ihm wirklich zu vertrauen. Ich denke an das Glas. Wenn es immer an der selben Stelle stehen bleiben würde, wäre es langweilig. Das

Glas soll sich bewegen, vielleicht sogar bis kurz vor den Tischrand. Und wie ich so in mich hineinhöre, merke ich, dass ich weiß, dass er das Glas nicht über die Kante schubsen wird.

Wie immer, wenn ich mich beruhigen und sammeln will atme ich ein- zweimal tief ein und aus, dann gehe ich langsam und ganz vorsichtig, damit die Kugeln nicht noch einmal aneinander schlagen, los.

Kaum haben wir die Lichtung betreten, wenden sich alle Blicke zu uns.

„Geh bis zum Tisch", flüstert A beinahe zärtlich in mein Ohr. „Und dort bleibst du dann erst einmal ruhig stehen."

Und so stakse ich dann auch einfach weiter, bis zum Tisch und bin dankbar, dass ein zu Boden gerichteter Blick in diesen Kreisen nicht als schüchterne, sondern als respektvolle Geste gedeutet wird.

„Und? Wie hat sie den *Weg der Schande* überstanden?", fragt P.

„40. Also gesunder Durchschnitt würde ich sagen", antwortet A ruhig.

„Ich bekomme 50 Euro von dir", feixt S und schaut L dabei fordernd an. „Ich wusste, dass sie den Rekord von meiner Rita nicht schlagen kann."

„Mist! Ich habe echt gedacht sie unterbietet die 30. Hast du geschummelt?", fragt er A und schaut in eindringlich an.

„Nein. Ich kann nichts dafür, dass sie in einen Ast gerannt und gestolpert ist."

„Aha! Das sind eindeutig widrige Umstände!"

„Vergiss es. Du zahlst. Basta!"

Die lockere und entspannte Art und Weise mit der hier S/M gelebt wird, lässt mich auch gleich ein wenig entspannen. Fast vergesse ich, dass mir Kugeln an den Schamlippen baumeln und sich meine Brüste unangenehm aufdringlich aus diesem grausamen Schlauchkleid quetschen.

„Könnt ihr das eventuell später klären?", versucht A die Aufmerksamkeit wieder auf mich zu lenken.

„Sicher", reumütig schauen die beiden A an und ich muss mich sehr zusammenreißen, um nicht laut loszulachen.

„Schön. 40. Das macht also 10 für jeden von uns, es sei denn einer von euch möchte auf das Vergnügen verzichten?"

Alle drei schütteln den Kopf. Jetzt werde ich doch nervös, immerhin habe ich keine Ahnung, was mich bei den dreien erwartet. „Die fiese Gerda will ich jedenfalls nicht persönlich kennenlernen" schießt es mir durch den Kopf.

„Dann lasst mal hören, was ihr euch für meine sub so ausgedacht habt."

„Das klassische Aufwärmen werde ich übernehmen", beginnt L. „Ganz normaler Flogger, mittlere Breite."

A nickt und blickt dann zu S.

„Ich werde auch eher klassisch bleiben und meine 10 mit der Neunschwänzigen verteilen."

„Ich schließe mich der klassischen Runde an und werde die Reitgerte einsetzen", verkündet P als Letzter der Runde.

Ich schlucke und A fragt: „Welche?"

„Keine Sorge, die fiese Gerda gehört allein meiner Jen", er grinst und Jen streckt ihm frech die Zunge raus. Ein Fehler. „Oh, wie ich sehe möchte sich meine sub der Bestrafung anschließen. Du darfst gleich nachdem wir mit Lena fertig sind zu uns kommen. Und bei dir werde ich ganz sicher zu Gerda greifen."

Jen stöhnt kurz auf, scheint aber ansonsten wenig Angst zu haben. Sie neigt ihren Kopf und damit ist die Sache anscheinend besiegelt.

A schiebt mein Kleid hoch und nimmt mir die Klammern inklusive Kugeln ab. Ich spüre schmerzhaft, wie das Blut zurück strömt, verkneife mir aber jedes Geräusch.

„Normalerweise bleiben die Kugeln während der Bestrafung genau da, wo sie eben waren und jedes Tönchen würde dem Bestrafenden erlauben von Vorne anzufangen. Heike hat hier schon einmal sehr lange ausharren müssen, weil sie es einfach nicht geschafft hat still zu stehen", flüstert A mir zu. Fast ein wenig beschämt schaut Heike nun zu Boden und ich würde sicher lachen, wenn mir nicht ein buntes Medley aus Schlägen bevorstehen würde.

L tritt hinter mich und beginnt mit seinem Part. Seine Schläge sind fest, aber nicht brutal. Hitze breitet sich in meinem Hintern aus und schneller, als ich dachte habe ich die erste Runde auch schon überstanden. Nun ist es an S die Bestrafung zu übernehmen. Er lässt die Katze geschickt über meine Backen tanzen und mir entgeht nicht, dass diese Runde schon deutlich fester ist. Dennoch halte ich mich ruhig und verkneife mir jedes Geräusch.

Bei der Gerte von P verhält es sich allerdings schon etwas anders. Ich merke sofort, dass die Gerte ein Lieblingsinstrument von P ist. Gezielt platziert er seine Schläge einen neben dem anderen und jeder Schlag hinterlässt einen ziehenden Schmerz. Ich kann nicht anders. Ab dem sechsten oder siebten schlag stöhne ich bei jedem Treffer kurz auf, doch P beeindruckt das überhaupt nicht. Präzise bringt er seine Runde zu Ende und ich bemerke, dass ich leicht ins Schwitzen geraten bin. Mein Hintern brizzelt und erschrocken stelle ich fest, dass A noch gar nicht gesagt hat, womit er seine Schläge setzen wird.

„Ich würde die Gunst der Stunde gerne nutzen und eine Bull einsetzen."

Ich reiße entsetzt die Augen auf. Die Bull habe ich in extrem schlechter Erinnerung, Ich hasse ihren beißenden Schmerz! 10 Hiebe damit stehe ich nicht durch. Schon gar nicht, wenn ich nicht mit A alleine bin. „Nein", flüstere ich deswegen auch und sehe A flehend an. Den anderen entgeht mein entsetztes Gesicht nicht.

„Lena und die Bull müssen sich erst noch an einander gewöhnen", erklärt A deswegen.

„Oh nein", denke ich, „Daran werde ich mich sicher nie gewöhnen. In den Augen der anderen subs spiegelt sich eine Mischung aus Verständnis und Mitleid. Anscheinend kann hier niemand die Bull wirklich leiden.

„Bist du bereit?", fragt A mich und ich würde am liebsten „Himmel nein!", brüllen. Stattdessen nicke ich nur.

A stellt sich in einiger Entfernung auf und nur Sekunden später durchfährt mich dieser schrecklich beißende Schmerz. Ich schreie auf. Mir ist egal, was die anderen denken.

Im stetigen Takt wiederholt A die Prozedur. Mir laufen Rotz und Tränen über mein Gesicht und bei jedem Hieb winde ich mich stärker. Natürlich weiß ich, dass ich nicht ausweichen kann, aber versuchen wird man es ja wohl noch dürfen.

„Zehn." Fast wie in Trance nehme ich As Stimme wahr und spüre, wie er mich sanft in seine Arme schließt. Rita reicht ihm ein kühlendes Gel.

Fest an seine Brust gepresst versuche ich mich wieder zu beruhigen. Hinter mir höre ich, wie P Jen auffordert ihren Arsch frei zu machen. Kurz darauf hallt das Geräusch der fiesen Gerda über die Lichtung, stetig begleitet von einer Mischung aus Schmerzens- und Lustschreien. Mir ist es ein Rätsel, wie man bei solchen Hieben aus dem Stegreif geil werden kann, aber bitte. Allerdings muss ich gleichzeitig zugeben, dass mich die abklingenden Schmerzen, gepaart mit Jens Lustschreien und As Händen auf meinem Arsch ebenfalls ziemlich heiß machen. Wohlig seufzend recke ich A meinen Hintern entgegen. Er grinst und lässt seine Finger genüsslich zwischen meiner Spalte auf und ab gleiten. Ich stöhne leise auf. Mein Kopf fühlt sich komplett frei an. Es ist mir egal, dass wir nicht alleine sind. Es ist mir egal, dass mich eben alle dabei beobachten konnten, wie ich Rotz und Wasser heule. Es spielt gerade absolut keine Rolle. Ich verliere mich förmlich in den Gefühlen, die A in mir hervorruft. Erst sanft, dann immer heftiger massiert er zunächst meinen Kitzler, bevor er einen Finger nach dem anderen in meiner Lustgrotte versenkt. Mein Stöhnen wird mit jedem Finger lauter.

„Spreiz deine Beine ein wenig", höre ich ihn hinter mir und ich gehorche. „Und jetzt", er drück mit der anderen Hand auf meine Blase, „Möchte ich, dass du pisst."

Augenblicklich versteife ich mich. „Nein", denke ich.

„Was ist? Hast du mich nicht verstanden?", er erhöht den Druck auf meine Blase und ich merke, dass ich tatsächlich mal auf die Toilette müsste. „Ich kann das nicht", gebe ich leise zu. An dieser Aufgabe bin ich schon bei V gescheitert. Diese Aufgabe habe ich genau einmal bisher gemeistert. Einmal, danach nie wieder. Kein Wunder, ich kann ja nicht einmal auf öffentlichen Toiletten pullern, wenn in der Kabine neben mir jemand sitzt.

„Du kannst nicht, oder du willst nicht?"

„Ich kann nicht. Ich kann einfach nicht auf Kommando." Meine Stimme hat einen weinerlichen Ton angenommen. Meine Erregung ist wie weggeblasen. Ein Umstand, der auch A nicht entgeht.

„Nun, das ist schade." er nimmt seine Hand von meiner Blase und beginnt stattdessen meine Nippel zu kneten. Gleichzeitig beginnen seine Finger, die noch immer in mir stecken, ein geschicktes Spiel. Ganz allmählich kehrt meine Lust zurück und auch bei ihm regt sich etwas.

„Um dein Toilettenproblem kümmere ich mich dann eben später", haucht er mir erregt ins Ohr. Ich höre, wie er sich seiner Hose entledigt und spüre, wie er seinen harten Schwanz erst an mich drückt, bevor er ihn stöhnend in mir versenkt. Hart und schnell stößt er einige Male zu, bevor er sich auch schon in mir ergießt.

„Und um deinen Höhepunkt auch." Er zieht sich wieder an, gibt mir einen Klaps auf den Hintern und schlendert dann zu einer Kühlbox und nimmt sich ein Bier.

Ich muss erst einmal kurz durchschnaufen. Dann ziehe ich mein Kleid zurecht und folge A.

Jen und P sind genauso wie Rita und S bereits in ihrer Hütte verschwunden, also schlendere ich zu Heike, die mich strahlend auffordert sich zu ihr zu setzen. Ein Ziehen durchflutet meinen Hintern und ich verziehe leicht mein Gesicht.

„Ich hoffe, dass das alles okay für dich war?“, fragt sie freundlich und blickt leicht mitleidig auf mein Hinterteil.

„Ja, war es.“ Ich lächel sie an.

Heike lächelt und nippt an ihrem Bier. „Willst du auch eins?“

„Nein danke. Aber eine Cola wäre schön.“

„Kommt sofort.“ Sie greift neben sich in die Kühlbox und reicht mir eine herrlich kühle Cola dann fragt sie: „Wenn du nicht willst, musst du natürlich nicht antworten, aber stimmt es, dass du die sub bist, die V damals mitten auf einer Party weggelaufen ist?“

Da ist sie wieder, die Sache, über die ich eigentlich nicht reden wollte. Kurz überlege ich wirklich nichts dazu zu sagen, doch dann denke ich, dass diese Leute hier alle wahnsinnig nett zu mir waren. Mich sofort mit offenen Armen aufgenommen haben. Ich beschließe, dass sie es verdient haben die Wahrheit zu hören.

„Das stimmt“, sage ich deswegen und warte auf Heikes Reaktion.

„Krass!“, entfährt es ihr nur und ich muss schmunzeln.

„Ich bin mir sicher, dass ich nicht die erste sub bin, die sich von ihrem Dom getrennt hat“, werfe ich ein, weil ich die heftige Reaktion schon etwas seltsam finde.

„Nein, das sicher nicht. Aber auf einer Party von Lady Amalia …“, sie zuckt mit den Schultern.

„Außerdem bin ich gar nicht alleine abgehauen. Ein Freund hat mich eher heraus gerettet.“

„G, ich weiß. Er war schon immer anders als V. Ich habe nie verstanden, wieso er mit V befreundet ist.“

„War“, werfe ich ein.

Sie schaut mich fragend an.

„Er *war* mit V befreundet. Seit dem Vorfall hat er nichts mehr mit V zu tun.“

„Das ist sicher kein Verlust.“ Heike nimmt einen großen Schluck von ihrem Bier. „Willst du mir erzählen, warum G der Meinung war er müsst dich *retten*? Die Gerüchteküche hat da teilweise sehr irritierende Geschichten auf Lager."

Ich lache verkrampft. „Das glaube ich dir sofort. V hat mich extrem verletzt. Nicht körperlich, sondern emotional." Ich stocke. „Er hat öffentlich eine andere sub gefickt. Weil er wusste, dass das das ist, was ich mir am sehnlichsten gewünscht habe. Wir haben nie …"

„Ich verstehe", sie legt tröstend ihren Arm um mich und es fühlt sich gut an. „Und G hat das gewusst und dich dann einfach raus gebracht?"

„Ja. Er hat gesehen, dass ich kurz vor einem Zusammenbruch war und mich nach Hause gefahren."

„Da gehört eine menge Mut zu."

„Das weiß ich mittlerweile auch. Und ich bin ihm sehr dankbar, dass er sozusagen seinen Ruf für mich riskiert hat."

„Die Loge und ihr Umfeld mögen einflussreich und von einigen tief bewundert sein, aber längst nicht von allen. Sieh uns an", sie lacht. „Ein Haufen Bekloppter, die sich im Normalfall einen Dreck um die gängigen Regeln der hohen S/M Gesellschaft scheren."

„Naja, so anders fand ich die Regeln und Umgangsgepflogenheiten hier jetzt eigentlich nicht."

„Natürlich nicht. Aber auch wenn S/M für uns wichtig und kein reiner Freizeitspaß ist, so wirst du bei uns doch niemanden finden, der es sich zum Ziel gemacht hat, seine sub zu entmenschlichen oder zu zerstören."

Ich nicke, weil ich weiß, was sie meint. „Die Sache mit dem Glas", murmel ich und Heike sieht mich verstehend an. „Genau. Verschieb es, so weit es geht, aber lass es nicht über die Kante fallen …"

„Ihr solltet euch das als Team-T-Shirts drucken lassen."

Heike bricht in schallendes Gelächter aus, so dass A und L neugierig zu uns herüber sehen.

„Scheint unseren subs geht es zu gut." L erhebt sich. „Wenn du so gute Laune hast, sollten wir noch ein wenig mehr für Stimmung sorgen", er nimmt Heike das fast leere Bier ab und flüstert ihr irgendetwas ins Ohr. Sofort senkt sie den Kopf, nickt mir kurz zu, flüstert: „Danke, dass du mir das alles erzählt hast" und folgt L dann demütig in ihre Hütte.

A schnappt sich zwei Cola und setzt sich neben mich.

„Worüber habt ihr euch unterhalten?", fragt er und reicht mir eine der beiden Dosen.

„Meinen Abgang von Lady Amalias Feier."

„Du hast es ihr also doch erzählt?"

„Ich fand sie haben die Wahrheit verdient."

„Finde ich gut. Und ich bin mir sicher, dass keiner meiner Freunde einen dummen Spruch machen wird. Im Gegenteil, vermutlich werden sie jetzt auch besser verstehen, warum ich dich - in ihren Augen - bei manchen Dingen mit Samthandschuhen anpacke."

„Haben sie das gesagt?" Ich schaue A aus großen Augen an.

Er zuckt mit den Schultern. „Und wenn schon. Hier ist es am Ende des Tages egal, wie hart der Dom seine sub angefasst hat. Vielleicht gibt es mal einen dummen Spruch, aber im Grunde interessiert es niemanden. Hier muss niemand den anderen beweisen, wie hart, streng oder konsequent er ist. Wir haben einfach eine gute Zeit."

„Das merkt man." Ich nehme einen großen Schluck aus meiner Dose und schaue verträumt in den Abendhimmel.

„Hier", A reicht mir meine Jacke. „Es wird langsam etwas kühl."

„Danke." Die Jacke hatte ich völlig vergessen. Für eine ganze Weile sitzen wir einfach nur schweigend nebeneinander und schauen in die sternklare Nacht. Es fühlt sich so erschreckend normal an, dass ich irgendwann schmunzeln muss.

„Warum lachst du?", fragt A und schaut mich an.

„Das ist gerade so unfassbar normal. So weit weg von seltsamen Vorlieben und Kinks. Das ist … keine Ahnung … verrückt?!"

„Fängst du jetzt auch an wie Jen?“

„Nein, so meine ich das gar nicht. Ich finde es ja gut. Ich kenne es eben einfach nicht.“

„Tja, dann ist es jetzt sicher meine Aufgabe, dass du dich auch gar nicht erst zu sehr daran gewöhnst, oder?“

Ich ahne Übles.

„Komm, wir gehen ein Stück.“ Er steht auf und reicht mir seine Hand. Zögernd ergreife ich sie und er zieht mich mit sich in Richtung Wald. Schon nach wenigen Metern verlässt er den Weg und wir schlagen und weitere Meter durch das Unterholz, bis wir an einer winzigen Lichtung ankommen, die den Namen Lichtung kaum verdient hat, weil es sich eigentlich nur um einen freien Fleck Wiese zwischen fünf großen Tannen handelt. Der Platz sieht aus, als stünde gleich hinter einer der Tannen das Hexenhaus aus Hänsel und Gretel. Gespannt, was A geplant hat schaue ich mich um und stehe abwartend neben ihm.

„Lass uns da rüber gehen.“ Er deutet auf die größte der Tannen. „Heb deinen Rock hoch und dann hock dich hin.“

Ich gehorche und ahne, was jetzt kommt.

„Und jetzt möchte ich, dass du noch einmal versuchst für mich deine Blase zu entleeren.“

Voller Panik starre ich ihn an. „Ich kann das wirklich nicht.“

„Ich möchte nur, dass du es versuchst. Entspann dich. Schließe meinetwegen die Augen und stell dir vor, ich wäre gar nicht hier.“

„Du bist nicht der Erste, der auf diese glorreiche Idee kommt“, maule ich ihn an, weil mir dieses auf Kommando pinkeln langsam auf den Keks geht.

„Das denke ich mir. Versuch es bitte trotzdem.“ Er schaut streng auf mich hinunter.

Genervt schließe ich meine Augen und versuche mich auf den Wind in den Tannen zu konzentrieren. Das sanfte Rauschen klingt toll. Ich recke meine Nase in den Wind. Es riecht so herrlich nach Wald. Ich hatte fast vergessen, wie gut Natur riechen kann. Ich bin seit Jahren nicht mehr wirklich aus Berlin herausgekommen. Jedenfalls nicht in die Natur. Gebannt versuche ich meine Blase zu spüren. Voll genug wäre sie sicherlich, aber der Ausgang fühlt sich an, als wäre er zugemauert. Ich bleibe hocken, obwohl mir langsam die Waden weh tun. Nichts. Ich öffne die Augen und sehe nach oben zu A. Der blickt nur stur auf mich herunter und sagt: „Wo liegt das Problem?"

„Ich weiß es nicht. An der Übung hat sich V schon die Zähne ausgebissen", ich blicke zu Boden und versuche ein letztes Mal mir ein paar Tropfen rauszuquetschen. Doch es kommt nichts.

„Hm", A verzieht grüblerisch die Augen. „Ich werde jetzt da rüber gehen", er deutet auf den Baum neben uns, „Vielleicht hilft das." Er geht und lehnt sich lässig an den starken Baumstamm. Sein Blick ruht noch immer auf mir. Mir schlafen langsam die Beine ein, dennoch versuche ich erneut, seinem Wunsch Folge zu leisten. Ohne Erfolg. Ich spüre förmlich, wie sich sein Blick in mich bohrt. Ich schüttel den Kopf und rufe: „Es tut mir leid!"

Langsam kommt er zu mir zurück. „Kein Problem. Wir üben das einfach bei einer anderen Gelegenheit. Irgendwann wirst du mir genügend vertrauen. Allerdings muss ich dich für deinen Ungehorsam natürlich bestrafen. Ich denke, das siehst du genauso."

Ich nicke.

„Also gut.Steh auf! Aber lass den Rock oben." Seine tiefe Stimme erfüllt den Wald. „Und jetzt stütze dich an dem Stamm ab, so dass dein Arsch schön präsent ist." Er streicht mit seiner Hand über meinen Hintern und ein wohliger Schauer durchzuckt mich. Ein Umstand, den A natürlich sofort bemerkt. *Klatsch* Unverhofft trifft mich seine flache Hand und mein eh schon geschundener Hintern steht sofort in Flammen. Die Zeichen der Bull setzen mir eindeutig noch zu. Dem ersten Schlagfolgen selbstverständlich einige weitere. Dann macht er plötzlich eine Pause und bückt sich. Kurz danach verteilt A Schläge mit einer Art Rute oder Stock über meine gesamte Rückseite. Der Schmerz und die Wärme durchfluten mich, lassen meinen Kopf völlig frei werden. Es gibt nur noch mich. Es gibt Menschen, die sagen es wäre ein Gefühl wie fliegen, für mich trifft es dass allerdings nicht. Es ist mehr. Es ist ein *sich völlig Auflösen*. Keine Gedanken, keine Pläne, keine Sorgen, nur fühlen und sein …

Ich weiß nicht, wie lange A mich mal fester, mal sanfter bearbeitet. Zeit und Raum haben sich längst aufgelöst. Doch irgendwann lässt er den Stock fallen und streichelt mir sanft über meine geschundene Rückenseite. Zufrieden schmiege ich mich an ihn und genieße seine Berührungen. Langsam dreht er mich zu sich um und streicht mir einige Haarsträhnen aus dem Gesicht.

„Du bist wunderschön, wenn du dich meinen Schlägen so hingibst und alles andere um dich herum vergisst", haucht er.

„Schmeichler."

„Nein, für mich ist es wirklich wie ein Geschenk, wenn du dich bei mir so entspannt fallen lassen kannst. Es beweist mir, dass du dich sicher fühlst. Und das ist einfach schön."

„Nur nicht sicher genug, um meine Blase zu entleeren", erinnere ich ihn und fühle mich gleich weniger gut.

„Lass uns zum Camp zurückgehen." Er ignoriert meinen Einwand. legt sanft seinen Arm um meine Taille und gemeinsam gehen wir zum inzwischen ruhigem Camp zurück.

In der Hütte schiebt A mich in Richtung der Essecke. „Bleib kurz hier stehen." Er zieht sich aus und legt sich ins Bett, während ich fragend stehen bleibe. „Und jetzt zieh dich aus und sieh in den Spiegel an der Tür."

Ich habe keine Ahnung, wo uns das hinführen soll, aber ich mache, was A verlangt. Als ich mich endlich aus dem schrecklichen Schlauchkleid gequält habe, betrachte ich mich, wie gewünscht, im Spiegel. Neugierig drehe ich mich von links nach rechts und bewundere förmlich die filigranen Linien und Muster, die meine komplette Rückseite bedecken. Andächtig zeichnen meine Finger einige der Striemen nach und ich fühle mich unbeschreiblich glücklich und auch stolz.

„Du liebst es, wenn du Spuren bekommst." Keine Frage, eine Feststellung. Ich denke kurz nach und nicke dann. Ja, ich liebe es die Spuren einer Session noch eine Weile auf meiner Haut sehen zu können. Ich kann nicht einmal wirklich sagen, warum. Es ist einfach schön.

Ich drehe mich zu A. Er beobachtet mich.

„Und nun?", frage ich, weil ich ja sicherlich nicht die ganze Nacht vor dem Spiegel stehen soll.

„Nun kommst du zu mir unter die Decke und wir schlafen", er grinst mich an.

Ich lege mich zu ihm und A schmiegt sich ganz dicht an mich.

„Warum sollte ich das eben tun?", frage ich irritiert.

„Weil ich dich gerne beobachte. Vor allem direkt nach einer Session. Alles an dir strahlt dann eine Art innerer Zufriedenheit aus."

Das mag stimmen. Allerdings war das nicht immer so. Bei V gab es durchaus auch Momente, in denen ich mich nicht rundum zufrieden gefühlt habe. Ich hoffe, dass ich bei A niemals solche Momente erleben werde, dann schlafe ich ein.

Am nächsten Morgen erwache ich noch immer eng an A gekuschelt und seufze zufrieden. Still beobachte ich, wie sich der Körper von A stetig hebt und senkt. A scheint das zu spüren, denn keine Minute später schlägt er seine Augen auf und lächelt mich an.

„Bist du schon lange wach?"

„Nein."

Er schmiegt sich noch fester an mich und ich fühle, wie sich seine pralle Männlichkeit regt. Genüsslich schiebe ich ihm meine Kehrseite entgegen.

„Du kleiner Nimmersatt", wispert A, rückt mich zurecht und schiebt sich dann ohne große Umschweife tief in mich hinein. Ich seufze lustvoll auf, während A sich bedächtig hin und her bewegt. Es ist ein sinnlicher Akt. Ohne Eile, ohne Hektik. Völlig entspannt. „Zeitlupensex", denke ich und würde sicherlich schmunzeln, wenn ich nicht gerade so absolut zufrieden wäre, dass ich nichts weiter kann, als jede Bewegung einfach nur intensiv zu genießen.

Langsam, ganz langsam jedoch steigt meine Lust. Fordernd beginne ich mich ihm entgegen zubewegen.

„Schsch …", er stoppt meine Bewegung. „Nicht bewegen. Wir machen das heute mal ganz ruhig. Ich will jeden Millimeter von dir fühlen. Ganz in Ruhe fühlen."

Ich stöhne auf. Quälend steigert A meine Gier, beginnt zusätzlich meinen Kitzler zu massieren. Erneut versuche ich mich ihm entgegen zu recken.

„Muss ich dich erst festbinden?", fragt A und stoppt meine Bemühungen augenblicklich.

Wenn ich ehrlich bin, gerate ich für einen kurzen Moment in die Versuchung, eine straffe Fesselung zu provozieren. Der Gedanke daran katapultiert meine Lust noch einmal nach oben.

„Denk nicht einmal daran", säuselt A mir drohend in mein Ohr. „Es würde keine Fesselung werden, die dir Freude bereitet …"

Ich schlucke und verwerfe meine Fantasien direkt wieder. Ich versuche meinen Kopf frei zu machen und den Augenblick einfach zu genießen und erstaunlicherweise gelingt mir das sogar. Stetig bewegt sich A in mir, ohne jedoch die Geschwindigkeit zu erhöhen. Nach einer gefühlten Ewigkeit höre ich ihn tief seufzen, bevor er erstarrt und sich dann mit einem letzten tiefen Stoß in mir entlädt. Ich habe keine Ahnung, warum, aber in diesem Moment bekomme auch ich meinen Höhepunkt. Einen Höhepunkt, wie ich ihn zuvor noch nie erlebt habe. Sanft, aber doch absolut erfüllend.

Als wir später hinaus auf den Platz treten, herrscht dort schon reges Treiben. Alle anderen sitzen bereits laut schnatternd beim Frühstück. Ich geselle mich zu den Mädels.

„Und, wie hat dir dein erster Aufenthalt in unserem Camp gefallen?", fragt mich Jen und blinzelt mich dabei verschwörerisch an.

„Sehr gut. Es war … interessant."

Jen und Heike sehen sich fragend an.

„Ich meine", beginne ich leicht verlegen stotternd, weil ich nicht weiß, wie ich das, was ich hier erlebt habe richtig beschreiben soll.

„Es hat mir Spaß gemacht." Noch während ich es ausspreche, merke ich, wie unpassend diese Formulierung ist. Doch weder Jen, noch Heike verziehen bei meiner eher ungünstigen Formulierung das Gesicht. Im Gegenteil. Beide nicken und strahlen mich an.

„Das freut uns. Ist ja immer nicht so einfach, wenn man als Neue in einen Kreis von Leuten gestoßen wird, die sich schon länger kennen", sagt Heike.

„Und wenn man dann noch bedenkt, wie speziell", Jen malt Anführungszeichen mit ihren Fingern in die Luft, „unsere Gruppe dazu noch ist."

Ich bin froh, dass die beiden verstehen, was ich sagen wollte.

„Ich hoffe wir sehen uns bald wieder", sage ich und meine es auch genauso.

„Wir sind zwar alle nicht die größten Partygänger, aber ab und an treibt es sogar uns in das Berliner Nachtleben. Ich bin mir also sicher, dass wir uns nicht erst beim nächsten Treffen vom Camp *Lust & Qual* wiedersehen.

Einige Stunden später fädelt A sich bereits wieder durch den Berliner Innenstadtverkehr.

„Soll ich dich zu dir fahren, oder möchtest du noch mit zu mir kommen?", fragt er und ich muss schmunzeln.

„Solltest du das nicht entscheiden?", frage ich frech und schaue ihn mit übertrieben demütigen Blick an.

„Wie du meinst.“

Eine gute halbe Stunde später betreten wir gemeinsam die Wohnung von A. Gerade, als ich es mir auf der Couch bequem machen will, sagt er: „Mist. Ich habe vergessen die Post aus dem Kasten zu nehmen. Würdest du sie bitte holen, während ich beginne, die Taschen auszupacken?“

„Natürlich.“ Ich drehe mich zur Tür, da hebt A seine Hand um mich zu stoppen. „Warte! Ich denke, es wäre ganz nett, wenn du dich vorher ausziehen würdest.“

Ich starre ihn an. „Was!?“

„Du sollst dich ausziehen, bevor du zum Briefkasten gehst.“

„Ich gehe doch nicht nackt durch den Hausflur!“, sprudelt es entsetzt aus mir heraus.

„Hm. Ich denke schon, dass du das machen wirst.“

Ich schüttel vehement den Kopf. Das kann er unmöglich von mir verlangen.

„Ach nein? Und wieso kann ich das deiner Meinung nach nicht verlangen?“

„Weil …“, ich stocke, weil ich merke wie sinnfrei das Ganze ist. Natürlich kann er das verlangen. Ich weiß das, und er weiß, dass ich es weiß. Ungeduldig zuckt seine linke Augenbraue nach Oben.

„Zieh dich aus, hol die Post und bring sie mir ins Spielzimmer. Ich habe das eindeutige Gefühl, dass wir unsere Positionen noch einmal klären müssen.“

Kurz überlege ich noch etwas zu sagen, ihm klar zu machen, dass ich auf keinen Fall nackt von seinen Nachbarn gesehen werden will, doch ich schlucke meine Widerworte schweigend hinunter und beginne meine Sachen auszuziehen. Am Ende hätte es eh keinen Sinn. A nickt und öffnet mir die Tür. Unsicher bleibe ich eine gefühlte Ewigkeit auf der Türschwelle stehen. Die Luft im Hausflur ist stickig und abgestanden. Es riecht nach Zwiebel und Paprika. Ich denke: „Seltsam, dass einem so etwas erst auffällt, wenn man komplett unter Anspannung steht.“

„Hier, der Schlüssel" Er drückt mir den winzigen Briefkasten-
schlüssel in die Hand. Stocksteif bleibe ich stehen. „Worauf wartest du?", fragt A. Seine Stimme ist ungeduldig und er schiebt
mich sanft, aber bestimmt weiter in den Flur. „Na los, ich will meine Post heute noch!"
Obwohl es sehr warm ist, läuft mir ein eiskalter Schauer über den
Rücken. Langsam taste ich mich ein Stück vorwärts und überden-
ke meine Optionen. Ich könnte den Fahrstuhl nehmen, unten hin-
aus- und wieder hineinspringen. Solange keiner unten auf den
Fahrstuhl wartet, wäre das die einfachste und schnellste Lösung.
Sollte jedoch im Erdgeschoss jemand auf den Fahrstuhl warten
stehe ich in dem Moment, wo sich die Tür öffnet mitten auf dem
Präsentierteller. Nicht gut. Der Weg über die Treppen dauert natürlich deutlich länger, bietet aber zu jeder Zeit die Möglichkeit zur
Flucht. Ich entscheide mich für das Treppenhaus. Bei jeder halben
Treppe halte ich an und lausche. An den Türen der Hausbewohner
versuche ich möglichst geduckt vorbeizukommen. „Als ob die
Leute nichts Besseres zu tun hätten, als durch ihren Türspion zu
schauen, in der Hoffnung irgendetwas Seltsames zu sehen", belä-
chel ich meine Ängste selber. Als ich schließlich im Erdgeschoss
angekommen bin husche ich so schnell ich kann zum Briefkasten.
Es sind nur drei Meter von der letzten Stufe, bis zu meinem Ziel,
doch mir kommen sie endlos vor. Mit zittrigen Finger öffne ich
den Postkasten und fische einen Brief und drei Zettel von Liefer-
services hervor. „Oh, direkt gegenüber hat anscheinend ein türkisches Restaurant Neueröffnung gehabt, Da sollten wir demnächst
unbedingt mal Essen gehen. Ich liebe türkisches Essen", schießt es
mir unsinniger Weise durch den Kopf, bis mir klar wird, dass ich
noch immer splitterfasernackt in As Hausflur stehe. Schnell schließe ich den Kasten wieder und mache mich auf den Rückweg. Diesmal nehme ich den Fahrstuhl, der die ganze Zeit über im Erdgeschoss stand. Die Wahrscheinlichkeit, dass der Nachbar von A
ausgerechnet in dem Moment, wo ich oben aus der Tür trete, seine

Wohnung verlässt, erscheint mir doch eher gering. Und so hüpfe ich nur Sekunden später aufgeregt zurück in As Wohnung und werfe erlöst die Tür hinter mir zu. In meinen Adern pulsiert das Adrenalin. Ich schnaufe kurz erleichtert durch, bis mir bewusst wird, dass A im Spielzimmer auf mich wartet und der Abend somit ganz sicher noch nicht zu Ende ist.

Als ich durch die Tür zum Spielzimmer trete, erwartet mich A bereits mit einer Neunschwänzigen.

„Knie dich vor mich hin." Seine Stimme ist ruhig und bestimmt.

Ich gehorche und knie mich, wie ich es einst bei V gelernt habe mit extra breit gespreizten Beinen vor ihn.

A schaut mich schief an. „Hat V dir noch andere Positionen beigebracht?"

„Was meinst du?"

„Die Nummer mit den extra gespreizten Beinen ist typisch für die Herren von der Loge … egal … mir geht es jetzt eh um deine Rückseite. Gib mir die Post."

Ich strecke ihm den Schlüssel, den Brief und die Werbezettel entgegen. „Oh, cool ein türkisches Restaurant", bemerkt er gut gelaunt und ich muss schmunzeln, was er zum Glück jedoch nicht registriert. Ohne weitere Beachtung legt er die Post zur Seite und schweigt. Aus den Augenwinkeln sehe ich, wie er scheinbar jeden Zentimeter meines Körpers studiert. Ich bekomme eine Gänsehaut. Ich fühle mich unwohl, wenn er mich so beobachtet.

„Warum so nervös?", fragt er mich leise. Da ich ihm nicht sagen will, dass ich nicht gerne beobachtet werde, schweige ich.

„Ich werde dich gleich schlagen. Nicht, um dich zu bestrafen, sondern weil ich einfach Lust darauf habe.

Ich nicke.

„Gut, dann beuge dich jetzt bitte nach vorne."

Ich gehorche und warte gespannt. Ich bin nervös. Immerhin ist mein Körper von den letzten Tagen noch ziemlich *beansprucht*.

A beginnt mit einer einfachen Aufwärmphase. Immer wieder landen seine Hände auf meinem Allerwertesten. Wärme breitet sich aus. An den Stellen, an denen noch die Spuren der vergangenen Sessions sind, zieht es ein wenig, aber nicht genug, um schon von Schmerzen zu reden. Ich entspanne mich ein wenig. Ein weiteres Mal schätze ich mich glücklich in A einen wirklich aufmerksamen Dom gefunden zu haben. A geht ein paar Schritte und kommt mit einer extrem kurzen Reitgerte zurück. Dieses Mal bleibt es nicht bei meinem Hintern. Nun bezieht er auch meine Schenkel und Teile meines Rückens mit ein. Es beginnt leicht zu schmerzen. Gleichzeitig spüre ich, wie sich erste leichte Lustschauer in mir ausbreiten. Erneut wechselt A das Spielgerät. Jetzt bearbeitet er mich mit einer Art Mini Bull. Das verursacht schon deutlich stärkere Schmerzen und ich kann mir einige Schmerzenslaute nicht verkneifen. Wie jedoch nicht anders zu erwarten, steigern die Schmerzen auch meine Lust. Mein Verstand beginnt sich langsam aufzulösen und ich verfalle langsam in einen herrlichen *es zählt nur das Hier und Jetzt Zustand.* Mein Lustzentrum pulsiert und ich spüre, wie verräterische Feuchte meine Schamlippen benetzt. Ich stöhne. Umfange den Schmerz, wie einen guten Freund. Mein Körper treibt gleichzeitig auf einer Welle von Schmerz und Lust. Mein Kopf ist völlig leer und alles in mir will einfach nur mehr. Ich recke mich der Mini Bull entgegen, öffne meine Schenkel, damit A mich auch dort treffen kann …

Und plötzlich spüre ich, wie sich die aufgestaute Lust ihre Bahn bricht. Wie eine gigantische Welle rast sie durch meinen Körper, und während sich mein Lustzentrum in schier endlosen orgastischen Rhythmen ergießt, explodiert gleichzeitig ein all umfassendes Feuerwerk in meinem Kopf. Ich stöhne laut schreiend auf, dann breche ich völlig überwältigt und erschöpft auf dem Boden zusammen. Ich zittere, obwohl ich schwitze und mein Blut heiß durch meine Adern tobt. Es fühlt sich einfach unglaublich an und ich genieße diesen Rausch vollkommener Glückseligkeit.

A tritt zu mir, hebt mich sanft in seine Arme und trägt mich schweigend ins Bett. Dort deckt er mich zärtlich zu und legt sich neben mich. Doch ich kann nicht neben ihm liegen bleiben. Das fühlt sich absolut falsch an. Deswegen krieche ich zum Bettende und rolle mich dort wie eine Katze zusammen. Mich hat eine tiefe innere Demut und Ruhe erfasst, wie ich sie noch nie gespürt habe. Hier am Bettende - ganz dicht an seine Füße gekuschelt - fühle ich mich vollkommen zufrieden. Ich fühle mich angekommen. Körperlich und seelisch zu Hause. Ich würde mich A so gerne mitteilen, ihm sagen, wie glücklich ich gerade bin, doch ich habe das Gefühl, dass auch nur das kleinste Wort alles zerstören könnte und so bette ich meinen Kopf auf seine Füße und sage nichts. A rückt die Decke über mir zurecht, streichelt mir kurz über den Kopf und lässt sich dann schweigend zurück in seine Kissen fallen. „Ich muss mich ihm nicht erklären", schießt es durch meinen Kopf, „Er weiß ganz genau, wie ich mich fühle. Deswegen lässt er mich auch hier unten liegen, ohne etwas zu sagen. Er versteht mich." Zufrieden gleite ich in einen tiefen Schlaf.

Ich werde mitten in der Nacht kurz wach, weil A sich irgendwann im Halbschlaf zu mir ans Bettende kuschelt und seine Arme fest um mich legt. Das ist sowohl seltsam, als auch wunderschön. Als wir schließlich beide wirklich wach werden, steht die Sonne bereits hoch am Himmel.

„Geht es dir gut?", fragt mich A seine Lieblingsfrage.

„Sehr gut." Ich lächel ihn zufrieden an.

Er nickt und streichelt sanft über meinen geschundenen Rücken, was mir augenblicklich eine wohlige Gänsehaut beschert. Als plötzlich ein murmelndes Geräusch aus As Magen kommt, schaue ich ihn irritiert an. „Schätze wir sollten etwas frühstücken", er zuckt entschuldigend mit seinen Schultern. „Lust auf ein spätes Frühstück im Café et thé? Ich lade dich ein." Er wackelt dümmlich mit den Augenbrauen und ich pruste laut los.

Wir teilen uns das große „Fit & Vital für Zwei". Während ich mir eine halbe Grapefruit und ein Buttercroissant schmecken lasse, schaufelt A sowohl das Rührei, als auch die zwei Brötchen mit Käse und Wurst in sich hinein, um sich anschließend noch eine Portion Kaiserschmarrn zu bestellen. Danach lehnt er sich zufrieden lächelnd zurück und betrachtet mich eingehend.

„Was ist? Hab ich was in meinem Gesicht?", frage ich irritiert.

„Nein. Hin und wieder schaue ich dich einfach nur gerne an." Sein Lächeln wandelt sich zu einem seltsamen Grinsen. „Und dabei überlege ich mir dann, mit welcher kleinen Aufgabe ich dich ein wenig piesacken könnte."

Ich schlucke. Ich weiß, dass er so eine Aussage nicht ohne Grund macht.

„Ich denke, du gehst jetzt gleich noch einmal zu den Herrentoiletten und wartest dort auf mich."

Ich wusste es. Ich atme kurz konzentriert ein und aus, dann stehe ich auf, senke meinen Blick und gehe ohne ein einziges Widerwort zu den Toiletten. Ein kurzes Déjà-vu erfasst mich, als ich vor der Herrentoilette stehe und angespannt hinein lausche. Alles ist ruhig und so schlüpfe ich schnell hinein, verschwinde in der letzten Kabine und warte angespannt auf A. Es vergeht eine ganze Weile, bis sich die Tür zum Waschraum öffnet und sich Schritte nähern. Ich ertappe mich dabei, wie ich verkrampft die Luft anhalte. Ich höre, wie jemand die Kabine neben mir betritt. Ich bleibe stocksteif stehen. „Bloß kein Geräusch machen", hämmert es immer und immer wieder durch meinen Kopf. Schweiß bildet sich auf meiner Stirn. Ich bin nervös. Neben mir plätschert es, dann wird die Spülung gezogen. „Gleich bin ich wieder allein ... gleich", denke ich. Doch da habe ich mich getäuscht.

„Schieb deinen Slip unter der Kabine durch", jhöre ich die Stimme von A durch die Trennwand. Ich gehorche und bin gespannt, ob das schon alles ist.

„Und jetzt nimmst du dein Telefon, spreizt deine Beine und machst ein nettes Foto von deiner niedlichen Spalte und schickst es mir.“

Ich zögere. Solche Fotos sind mir eigentlich viel zu intim. Schließlich weiß man nie, wie sich eine Beziehung entwickelt und dann … ich schwitze heute noch, wenn ich daran denke, dass V eventuell noch immer ein Video von mir hat …

„Ich muss für ein paar Tage beruflich verreisen. Das Bild ist nur für mich und wenn ich wieder in der Stadt bin, werde ich es - wenn du willst - vor deinen Augen löschen. Also stell dich jetzt nicht an, sondern mach das Foto!“

Fast muss ich ein wenig lächeln, weil A es tatsächlich schafft seine Stimme in einem einzigen Satz gleichzeitig fürsorglich und streng klingen zu lassen. Ich beschließe ein weiteres Mal, A zu vertrauen.

Nach einigen Fehlversuchen, schaffe ich es schließlich ein brauchbares Bild von meiner glänzend feuchten Lustgrotte zu machen. Mit zittrigen Fingern sende ich es an A. Aus der Nebenkabine ertönt ein *Ping*, das das Eintreffen meines Fotos signalisiert. Nebenan ertönt ein zufriedenes Brummen. Gespannt warte ich auf weitere Befehle, doch es kommt nichts.

Die Kabine neben mir wird geöffnet und ich kann hören, wie A die Toilette verlässt.

Nachdem ich mich wieder sortiert habe, verlasse ich den Raum ebenfalls. Wie nicht anders zu erwarten, ist A bereits gegangen.

Als ich das Café ebenfalls verlassen will, stellt sich mir die Kellnerin dreist wie eh und je in den Weg.

„Ick finde noch immer, dit der Kerl dich seltsam behandelt.“

„Hm … vielleicht“, seufze ich.

„Dit is doch nich jut“, sie schaut mich mitleidig an.

„Oh doch, das ist sogar sehr gut …“, denke ich und lächel sie einfach nur an, bevor ich beschwingt auf die Straße hinaus trete.

Zu Hause lasse ich mich noch immer irgendwie leicht beseelt auf mein Bett fallen und versuche die letzten Stunden zu reflektieren. Natürlich habe ich schon viele wirklich ekstatische Orgasmen gehabt, aber so ein Gefühl wie gestern Abend hatte ich noch nie. Es war soviel mehr. Als ein starker Höhepunkt, soviel mehr als erfüllender Sex, soviel mehr, als eine gelungene Session. Ich ertappe mich dabei wie ich den gestrigen Abend fast mit einer religiösen Erleuchtung gleichsetzte. Schmunzelnd schüttel ich den Kopf: „Nun mach aber mal 'nen Punkt. Du hattest keine göttliche Vision, sondern einfach nur harten, guten Sex mit einem wundervollen Partner."

Ich greife zu meinem Tablet und surfe ein wenig durch BDSM-Internetseiten. Natürlich lese ich heute nicht zum ersten Mal vom subspace, aber jetzt, wo ich anscheinend diesen seltsamen, trance-ähnlichen Zustand selbst erlebt habe, lese ich es natürlich anders. Ich hatte schon viele Momente, in denen ich dachte, besser geht es nicht. Anscheinend lag ich damit falsch. Ich lese, dass subs geradezu süchtig nach diesen Gefühlen werden können und ich verstehe das sofort. Nie zuvor habe ich mich so geliebt, so verstanden, so leicht und so befriedigt gefühlt. Es war, als wäre ich komplett mit mir im Einklang. Das starke Gefühl, sich A völlig hinzugeben, nicht im Geringsten zu hinterfragen, wieso ich devot bin und gerne Schmerzen zugefügt bekomme, sondern diesen Umstand einfach als einen ganz normalen Fakt anzuerkennen und zu genießen, das war so überwältigend, so befreiend …

Ich seufze tief und stelle mich vor meinen Spiegel. Verzückt zeichnen meine Finger die Spuren auf meiner Haut nach, die mir bestätigen, dass das alles kein Traum ist, und frage mich, ob dieses dümmliche Grinsen, was sich seit gestern in meinem Gesicht festgefressen hat, je wieder weggeht. Ich strecke mir selber die Zunge raus, schnappe mir mein Telefon und verabrede mich mit einigen meiner Freunde.

Die Tage ohne A vergehen erstaunlich schnell. Dennoch erwische ich mich dabei, wie ich am Tag seiner geplanten Rückkehr alle fünf Minuten auf mein Telefon starre, um bloß seinen Anruf nicht zu verpassen.

Es ist bereits abends, als er dann tatsächlich anruft.

„Warst du brav?“, brummt er in mir mit tiefer Stimme entgegen.

Irritiert ziehe ich meine Stirn in Falten. Einen so typisch albernen Dom-Spruch hätte ich von A nicht erwartet. „Was? Natürlich … ich verstehe nicht …“

Am anderen Ende ertönt ein schallendes Lachen. „Himmel, ich kann das einfach nicht. Manchmal bezweifel ich, dass ich wirklich ein dominanter Mann bin.“

Ich muss grinsen. „Oh, keine Sorge. Ich kann dir aus erster Hand versichern, dass du ein äußerst dominanter Mann sein kannst.“

„Puh. Ich bin froh das zu hören. Wie geht es dir? Was hast du so getrieben – ohne deinen Meister.“

„Ich war arbeiten, mit Freunden im Kino und habe mich vor Sehnsucht nach dir jeden Abend in den Schlaf geweint.“

„Das glaube ich dir sofort.“ Er schweigt kurz. „Ich würde dich morgen gerne sehen.“

„Ich dich auch.“ In meinem Magen flattern ein paar Schmetterlinge. „Soll ich zu dir kommen?“

„Nein. Ich hole dich ab. Zieh bitte etwas an, das Club tauglich ist.“

„Club tauglich? Wo gehen wir denn hin?“ Meine Neugier ist geweckt. A ist nicht wirklich der Partygänger.

„Das wirst du dann schon sehen.“

Ich schweige. Wenn ich ehrlich bin, bin ich seit der Überraschungsparty bei Lady Amalia etwas unsicher, wenn ich nicht weiß, was mich erwartet.

„Vertrau mir. Ich garantiere dir, dass ich nichts machen würde, das dir schadet“, versichert mir A.

„Das weiß ich“, sage ich und meine es auch genauso.

„Prima, dann komme ich morgen Abend und hole dich ab. Ich freue mich. Ich habe meine sub nämlich schwer vermisst." Er stockt kurz, dann fügt er mit verstellter Stimme hinzu: „Ach und zieh dir was deiner Stellung entsprechendes an. Ich denke, du weißt, was ich damit meine."

„Selbstverständlich mein Herr. Ich werde Sie nicht blamieren", antworte ich und versuche dabei möglichst unterwürfig zu klingen. Ich höre, wie A am anderen Ende der Verbindung leise lacht und ich bin froh, dass ich mit ihm einen Herrn gefunden habe, der durchaus Spaß versteht. Mit ihm fühlt sich s/m so viel leichter, so viel selbstverständlicher an, als mit V oder anderen Männern.

Als ich am nächsten Abend zu A in das Auto steigen will, hält er mich kurz auf und befielt mir meinen Mantel zu öffnen. Da ich ahne, dass er mein Outfit überprüfen will, zeige ich ihm schweigend, was ich anhabe. Zufrieden nickend akzeptiert er meine Wahl, die aus einer engen schwarzen Halbbrustcorsage, einem kurzen weiten Rock und schwarzen Strapsen besteht. Meine Haare habe ich zu einem lockeren Pferdezopf gebunden und meine Füße stecken in Lackstiefelletten mit halbhohem, relativ bequemen Absatz, weil ich nicht weiß, welche Umstände mich heute Abend noch erwarten werden.

Ich bin ein wenig nervös, als er das Auto schließlich auf einen dunklen Parkplatz steuert. Aus einer Metalltür am Ende des Parkplatzes dröhnt dumpfe Elektro-Musik. Wir scheinen also in irgendeine Art Club zu gehen.

Galant öffnet er mir die Beifahrertür und führt mich zum Eingang. Er klopft und als sich die Tür öffnet begutachtet uns ein breitschultriger Typ, der aussieht, als würde er zur Not auch Arnold Schwarzenegger zum Frühstück verspeisen. A scheint er aber gut leiden zu können, denn er begrüßt ihn überschwänglich und lässt uns problemlos ins Innere.

Hier tummeln sich eine Reihe von mehr oder weniger angezoge-
nen Menschen zu den Beats, die gnadenlos aus den Boxen wum-
mern. Ich habe keine Ahnung, was A hier mit mir will.

„Ich wusste gar nicht, dass du auf solche Musik stehst“, ich sehe
ihn herausfordernd an.

„Ich dachte du stehst drauf.“

„Ich kenne dich bestimmt nicht in- und auswendig, aber doch
schon gut genug, um zu wissen, dass dir mein Musikgeschmack
scheißegal ist, wenn du einen Abend planst.“

Er grinst mich breit an und zuckt geheimnisvoll mit den Schultern.
Wir gehen zur Bar und er bestellt uns zwei Wasser. Eine ganze
Weile stehen wir einfach nur da und beobachten die Leute. Ich bin
mir sicher, dass es hier nicht nur ums Tanzen geht. Ich war oft
genug in solchen Läden, um zu wissen, dass hier ganz sicher mehr
passiert.

„Geht es dir gut?“, fragt mich A plötzlich und ich schaue ihn leicht
verwirrt an.

„Ja. Warum fragst du?“

„Weil ich - wie du dir sicher denken kannst - nicht hier bin um mir
den ganzen Abend tanzende Menschen anzusehen.“

„Nicht?“, frage ich und recke ihm frech mein Kinn entgegen. Eine
Geste, die er erst süffisant belächelt, dann nickt er und wendet sich
vorerst wieder der tanzenden Menge zu. Natürlich hat er mit dieser
Andeutung genau das erreicht, was er vermutlich erreichen wollte.
Ich bin nervös und neugierig. Suchend blicke ich mich um. Ich bin
mir sicher, dass es außer der Tanzfläche noch andere Räume geben
muss. Die gibt es in solchen Läden immer. Aber außer einem Gang
am anderen Ende der Tanzfläche ist nichts zu sehen. Keine der
sonst üblichen Nischen, in denen man seine Begleitung anketten,
auspeitschen oder was auch immer kann. Mir bleibt vorerst also
nichts weiter übrig, als abzuwarten. Also wippe ich im Takt der
Musik und versuche so, mich zu entspannen. Aus den Augenwin-

keln sehe ich, dass A mich ganz genau beobachtet. Genau wie ein Raubtier, dass seine Beute anvisiert.

„Ich denke, es ist soweit", höre ich ihn kurze Zeit später sagen, während er gleichzeitig mein Handgelenk ergreift und mich mit sich zieht. Sofort beginnt mein Puls zu rasen. Gekonnt manövriert er mich an der tanzenden Menge vorbei und taucht mit mir in dem von mir bereits erspähten Gang ein. Auch hier ist es eher dunkel. Ich kann gerade mal erkennen, dass es nicht nur einen, sondern mehrere Räume gibt. A scheint sich hier jedoch bestens auszukennen. Zielstrebig schiebt er mich durch einen dicken Vorhang hindurch in einen Raum, in dem es stockfinster und erstaunlich leise ist. „Die Wände müssen gedämmt sein", denke ich und bekomme es mit der Angst zu tun. Wozu um alles in der Welt hat dieser Raum gedämmt Wände? Das kann nichts Gutes bedeuten.

A scheint meine aufkeimende Panik zu spüren.

„Hier ist es so leise, damit die Clubmusik nicht ablenkt", erklärt er mir leise und geht weiter in den Raum hinein, mich noch immer im Schlepptau. Vor einem kleinen, minimal beleuchteten Podest bleibt er stehen.

„Willst du wissen, was ich geplant habe? Oder lieber nicht?", fragt er mich beinahe liebevoll.

„Vielleicht wenigstens in groben Zügen?", sage ich zaghaft, denn wenn ich ehrlich bin will ich es eigentlich nicht allzu genau wissen.

Er nickt. „Der Raum ist in erster Linie für die Voyeure. Auf dem kleinen Podest hier findet im Normalfall irgendeine kleine Session statt und die Zuschauer, die sich hier meistens unentdeckt in den Ecken herumdrücken, können zusehen und …", er mach eine ziemlich eindeutige Handbewegung. Ich schaue ihn ungläubig an. Er will allen Ernstes Leute zusehen lassen, bei - was auch immer er geplant hat -, damit die sich dabei einen runterholen können?

„Das will ich nicht!", schreit es in meinem Kopf. Sagen tue ich allerdings nichts.

A betritt als Erster die kleine Erhebung und winkt mich dann zu sich. Wie in Zeitlupe folge ich ihm und fühle mich augenblicklich beobachtet. Starr vor Angst stehe ich in mitten eines dämmrigen Lichtkegels, während A es geschafft hat von irgendwoher einen Stuhl zu holen, den er jetzt vor mich stellt. Mit einem schnellen Griff zerreißt er meine Bluse, zieht mir danach den Rock und meinen Slip aus und drückt mich anschließend sanft aber bestimmt über die Stuhllehne, sodass mein Hintern gut sichtbar ist.
Wie nicht anders zu erwarten trifft mich nur Sekunden später seine flache Hand. Wärme durchflutet meinen Arsch und ich versuche mich zu entspannen. Aber es gelingt mir nicht. Seine Hand hat mittlerweile den mir schon bekannten Rhythmus gefunden, aber ich kann mich einfach nicht fallen lassen. Trotz der Dunkelheit kann ich die Schemen einiger Personen erkennen und mein Kopf kreist nur um die Frage, wer mich da anstarrt. Natürlich entgeht A nicht, dass ich mich nicht entspannen kann. Er unterbricht sein Spanking und kommt zu mir herum.
„Es ist alles okay. Dir kann nichts passieren. Niemand außer mir wird dich auch nur mit der Spitze seines Fingers berühren, dass verspreche ich dir", flüstert er mir beruhigend ins Ohr. Ich nicke, bin aber noch immer schrecklich nervös und angespannt.
„Pass auf. Ich will, dass das hier für uns beide ein schöner Abend wird und keine Katastrophe. Wenn du *Augen* sagst, werde ich dir die Augen verbinden, damit du die anderen Anwesenden absolut nicht mehr sehen kannst. Wenn du *Füße* sagst, höre ich auf der Stelle auf und wir gehen nach Hause."
„Aber dann hätte ich dich enttäuscht", flüstere ich weinerlich.
„Nein." Er streicht mir eine Haarsträhne aus meinem Gesicht, dann durchzuckt auch schon ein stechender Schmerz meine Brustwarzen. A hat mir Klammern an meine Nippel gesetzt. „Wo hat er die denn so schnell her", frage ich mich völlig sinnloserweise, während er sich bereits wieder meinem Hintern zugewandt hat und ihn gekonnt mit einer Neunschwänzigen bearbeitet. Ich schließe die

Augen und lasse mich in den Schmerz fallen, bis ich das erste eindeutige Stöhnen aus der Ecke zu meiner rechten höre. Ich weiß, dass es dumm ist, aber ich kann nicht anders, als die Schatten nach dem Verursacher abzusuchen. Das Licht im Raum reicht gerade so aus, um die Umrisse einer sich schnell auf und ab bewegenden Hand auszumachen. Vorsichtig suche ich den restlichen Raum nach Zuschauern ab und stelle erschrocken fest, dass sich mittlerweile eine ganze Reihe Männer in dem Raum aufhalten und sich fleißig und stöhnend bearbeitet. Wie das sprichwörtliche Kaninchen vor der Schlange beobachte ich gebannt, wie ich beobachtet werde. „Absolut absurd", schießt es mir durch den Kopf. Aber erschreckenderweise macht mich die ganze Situation unglaublich an. Ich triefe förmlich vor Geilheit und als ein weiterer Gaffer ungeniert laut aufstöhnt, stöhne ich mit. A scheint das Schauspiel in vollen Zügen zu genießen. Spielerisch versorgen mich seine Finger mit immer neuen Lustwellen. Mal sanft, mal hart schiebt er seine Finger in mich hinein, sodass es schließlich völlig um mich geschehen ist und ich mich hemmungslos fallen lasse. Die überhaupt nicht mehr leisen Geräusche der anderen Anwesenden interessieren mich nicht mehr, in meiner Welt existiert alleine A.

Bis der urplötzlich mit einem einzigen schnellen Schritt von dem Podest springt und sich drohend zwischen mir und einem Mann aufbaut. Erschrocken reiße ich meine Augen auf.

„Nur mal anfassen. Da ist doch nichts dabei. Heiß genug für Zwei ist die Schlampe doch allemal." Der Typ grunzt auf und versucht seine Hand auf meinen Hintern zu legen. Doch da hat er die Rechnung nicht mit A gemacht. Mit einem gezielten Griff schnappt er sich die Hand des Fremden, bevor sie auch nur in meiner Nähe ist und drückt sie zurück.

„Wage es ja nicht!", zischt er den Mann bedrohlich an.

Der Tumult sorgt zum einen dafür, dass die meisten Männer den Raum fluchtartig verlassen. Zum anderen hat es aber scheinbar auch den Sicherheitsdienst auf den Plan gebracht, denn in Sekundenschnelle steht ein Typ im Anzug bei uns und wendet sich an A.

„Ist hier alles in Ordnung?“

„Nein. Der Typ hier hat die Regeln dieses Raumes anscheinend nicht kapiert“, As Stimme ist eiskalt vor Wut.

Der Anzugträger nickt. Packt den Fremden an den Schultern und will ihn ohne weitere Worte hinaus bugsieren, als A ihn zurück hält.

„Erst soll er sich bei meinem Mädchen entschuldigen.“

Der Anzugtyp schaut A fragend an.

„Er hat sie eine Schlampe genannt“, klärt der ihn auf. Das scheint dem Anzugträger gar nicht zu gefallen. Mit einem Blick, der mir das Blut in den Adern gefrieren lässt schaut er auf den Grapscher herunter und flüstert drohend: „Das hören wir hier aber gar nicht gerne. Alle Damen und Herren – egal ob sie dominant oder devot sind – werden bei uns mit Respekt behandelt. Ausdrücke wie Nutte, Wichser, Miststück, Schlampe oder ähnliches sind in unseren Räumen absolut tabu, es sei denn es gehört zu einer Session und ist von beiden Seiten gewollt! Also wirst du dich auf der Stelle bei der jungen Dame entschuldigen und dann will ich deinen Schwanz“, er blickt auf den mittlerweile ziemlich schlaffen Penis des Gaffers, „nie wieder hier sehen.“ Unsanft schiebt er den Kerl vor mir zurecht. Der kneift die Lippen aufeinander und zischt ein undeutliches „Entschuldigung“. A nickt dem Sicherheitsmann zu, woraufhin dieser sich den Spanner schnappt und ihn endgültig hinaus befördert. Mich schaut A nur kurz an, dann hebt er mich von der Bühne und trägt mich wortlos hinaus.

Erst als wir vor seinem Auto stehen lässt er mich sanft hinunter und nimmt mir vorsichtig die Brustwarzenklammern ab. Ich zieh kurz zischend die Luft ein, bis sich der Schmerz gelegt hat, dann sehe ich ihn an.

„Es tut mir so leid, was da gerade passiert ist. Dieser Laden ist eigentlich für seine strenge Tür bekannt. Keine Ahnung, wie dieser

Arsch da rein gekommen ist." Es ist nicht zu überhören, wie sauer A ist. Fast tut er mir leid. Hinter uns fährt ein Auto entlang. Als der Fahrer uns sieht hupt er erst und ruft dann nur: „Heißes Outfit!"

Ich kann in dem Moment nicht anders und lache laut los. Ich stehe mit nichts als einer zerrissener Bluse und Halterlosen mitten auf der Straße und der Einzige Kommentar, den ich bekomme ist *heißes Outfit*. Himmel ich liebe diese Stadt und all ihre Verrückten!

A schüttelt den Kopf und stimmt in mein Lachen ein. „Was war das denn jetzt?"

Ich zucke noch immer lachend mit den Schultern. „In Berlin gibt es einfach keine normalen Menschen."

„Findest du uns abormal?", fragt er und klingt dabei mit einem Schlag ziemlich ernst.

Ich schaue ihm direkt in seine faszinierend braunen Augen und sage dann voller Überzeugung: „Nein. Überhaupt nicht." Und ich meine es auch genauso …

Nur zwei Wochen später sind wir ein weiteres Mal auf dem Weg in einen Berliner Club.

„Wenn du so weiter machst, entwickelst du dich noch zu einem richtigen Party-Tiger", ziehe ich A auf, der eigentlich nicht so gerne in den typischen Szeneläden unterwegs ist. Nach dem Zwischenfall im *Dark* verstehe ich auch gut, warum.

A konzentriert sich auffallend genau auf den Straßenverkehr und wirft mir lediglich ein übertriebenes Lächeln zu. Sein Blick verrät mir, dass dies nicht der passende Moment für ein albernes Gespräch ist, also verkneife ich mir weitere Sprüche und schaue angestrengt auf die vorbeirauschende Berliner Nacht.

Als A den Wagen wenig später parkt, rutscht mir augenblicklich mein Herz in die Hose. Ich kenne den Club, den er heute ansteuert. Ich war einmal mit V hier.

„Ist mit dir alles in Ordnung?", er sieht mich besorgt an.

„Doch. Sicher." Kurz sauge ich die kühle Abendluft ein, dann drücke ich meinen Rücken durch und hake mich bei A unter. V ist Vergangenheit. Und so groß Berlin auch sein mag, die S/M Club-Szene ist es am Ende des Tages eben nicht. „Ist heute ein Motto-Abend?", frage ich und hoffe, dass A das verneint, denn V geht so gut wie nie zu einfachen Party Events, wohl aber zu exklusiven oder ungewöhnlichen Motto-Abenden. Als er mit mir hier war, hieß das Motto: *Meine sub kann ...* Ein Abend an dem die dominanten Männer auf die Leidens- und Leistungsfähigkeit der subs wetten konnten. V hat mich damals zum Glück nicht angemeldet. Damals dachte ich, weil er mir das Ganze ersparen wollte. Heute bin ich mir sicher, dass er es nur getan hat, weil er Angst hatte, ich könnte ihn blamieren.

„Nichts Besonderes. Nur der übliche *Party & Play* Abend. Wieso fragst du?"

„Nur so."

A nickt. „Sollen wir hinein gehen?"

„Gern."

Drinnen empfängt uns stampfende elektronische Musik. Es ist noch früh, dennoch ist die Tanzfläche bereits gut besucht und auch in den einschlägigen Nischen tummeln sich schon einige Grüppchen. Ich lasse meinen Blick ein wenig schweifen und bleibe kurz bei einer dominanten Lady hängen, die sich lasziv auf einem Sklaven räkelt, den sie am Rand der Tanzfläche zur Sitzbank degradiert hat, während ein weiterer hingebungsvoll ihre Füße massiert. Vor ihr auf der Tanzfläche rammt ein Mann der Frau vor sich im Takt der Beats immer und immer wieder einen Dildo zwischen ihre Schenkel, was sie verzückt aufschreien lässt. In der Nische hinter uns vergnügen sich bereits drei Männer mit einer drallen Blondine und auf einem kleinen Podest in der Mitte der Tanzfläche steht an einem Pfosten festgebunden eine elfenzarte Sklavin. Ihre beinahe alabasterfarbene Haut ist bereits über und über mit roten Striemen versehen, die ihr von zwei elegant gekleideten Männern abwechselnd mittels Rohrstock und Peitsche beigebracht werden. Wie hypnotisiert kann ich den Blick nicht von ihr wenden. Ich frage mich ernsthaft, wie lange eine so zarte Person so eine strenge Behandlung aushalten kann.

„Glaub mir, für Cora ist das gerade mal ein nettes Vorspiel", A ist meinem Blick offensichtlich gefolgt.

„Sie sieht so unglaublich zerbrechlich aus."

„Das täuscht!", A lacht. „Ich habe mal live erlebt, wie Cora mit einem Nagelbrett bearbeitet wurde. DAS sah übel aus. Aber sie hatte einen Orgasmus nach dem anderen." Er zuckt mit den Schultern. „Für mich wäre das auch eine Nummer zu heftig, aber sie steht drauf."

„Puh!" Ich zwinge mich, die drei nicht weiter zu beobachten. Im Schein der grellen Scheinwerfer Spots tummelt sich ein bunter Haufen. Hier ist alles vertreten. Damen in großer Robe schwitzen neben halbnackten Männern und subs lassen sich ihre nackten Brüste von Männern oder Frauen kneten. Die Luft ist stickig und überall riecht es förmlich nach Sex.

„Ich wusste gar nicht, dass du auf diese Sorte Clubs stehst", brülle ich A über die wummernden Beats hinweg an.

„Mein Lieblingsort wird dieser Schuppen auch wirklich nicht werden. Aber ich dachte als einfache, nette Abendgestaltung ..."

„Lass uns tanzen.", ich ziehe ihn mit in die Masse und beginne mich zu den schnellen Takten der Musik zu bewegen. Als sich ein Typ in Lederhose und Achselshirt nähert und Anstalten macht mir an meinen Hintern zu packen, geht A charmant aber deutlich dazwischen.

„Heute nicht!"

Der Typ mustert A, lächelt dann freundlich und zieht unverrichteter Dinge weiter.

„Das gehört nun wieder zu den Dingen, die ich an diesem Club so schätze." A schlingt mir seine Arme um die Taille und drückt sich ganz fest an mich. So fest, dass ich seinen Schwanz spüren kann, der sich hart gegen mich presst. „Die Leute akzeptieren ein *Nein*."

Ich schließe meine Augen und genieße einfach nur den Moment. Ich fühle mich großartig. Frei.

Als ich meine Augen wieder öffne, muss ich kurz blinzeln.

„Ist das da hinten etwa G?", ich deute auf eine Sitzecke im hinteren Teil des Clubs.

A reckt sich und beginnt dann zu nicken. „Ich schätze schon."

Wir tanzen uns durch die Leute. Noch bevor wir bei G angekommen sind, erblickt der uns schon und strahlt uns an.

„Was macht ihr zwei denn hier?", er umarmt mich freundschaftlich und nickt A kurz zu.

„Tanzen", sage ich lachend. „Und du? Bist du in Begleitung?", ich sehe mich hoffnungsvoll um. Nichts würde ich G mehr gönnen, als endlich eine passende Partnerin zu finden.

„Nein. Ich bin alleine hier. Aber wer weiß, was der Abend noch so bringt." Er zwinkert mir zu und ich drücke ihm innerlich alle Daumen der Welt. G ist die Sorte Dom, die oftmals irgendwie unter geht. Manchmal denke ich, dass er einfach zu normal ist. Er wirkt im ersten Moment einfach immer zu nett. Dabei weiß ich nur zu gut, dass er auch ganz anders kann … Wenn er will, kann er extrem sadistisch sein.

„Sollen wir zur Lounge rüber gehen? Da kann man sich wenigstens unterhalten!", brüllt A uns an. Ich habe das Gefühl, das er diesen Abend jetzt schon bereut und muss grinsen.

Gemeinsam schlendern wir zum Loungebereich, Der ist etwas abgetrennt, so dass man sich nicht anschreien muss, um sich zu unterhalten.

„Und? Wie war dein Ausflug in die Wildnis?", fragt G mich während wir uns in Couch fallen lassen.

„Nett." Ich grinse ihn an.

„Nett ist eigentlich nicht das Adjektiv, das man im allgemeinen benutzt, wenn man vom Camp *Lust & Qual* redet." G schaut mich feixend an. „Bist du so harmlos geworden?", er knufft A gegen den Oberschenkel.

„Anscheinend."

Noch während ich überlege, woher G wohl das Camp kennt, stellen sich mir plötzlich die Nackenhaare auf. Keine Ahnung warum, aber ich spüre V noch bevor ich ihn sehe. Mit vor Schreck geweiteten Augen drehe ich mich zum Eingang und entdecke ihn tatsächlich. Natürlich hat er unser Grüppchen längst erspäht. Betont lässig schlendert er zu uns herüber und mustert uns alle Drei von oben bis unten. Dabei blickt er drein, als hätte er einen Haufen Ratten vor sich. Ich bin so perplex, dass ich erst jetzt die komplett nackte Frau wahrnehme, die neben ihm angekrochen kommt. Sie trägt Arm- und Fußfesseln und ein dazu passendes schweres Halsband. Ich kann nicht anders, ich muss sie einfach anstarren. Nichts an ihr wirkt lebendig.

„Neidisch?", fragt V, dem mein entsetzter Blick nicht entgangen ist, süffisant.

„Was willst du?", fährt A ihn an.

„Aber bitte. Warum denn so unhöflich? Wir sind doch alle Gentlemen, nicht wahr?"

„Also ich sehe hier höchstens zwei Gentlemen und einen Arsch", entgegnet A und seine Stimme könnte vermutlich die Sonne zu Eis erstarren lassen.

„Oha. Da ist aber jemand extrem schlecht gelaunt." V lächelt, wie ein heiliger Yoga-Guru.

„V, bitte. Lass es gut sein. Ignoriere uns doch einfach uns amüsiere dich ein wenig mit deiner *Begleitung*", G schaut mitleidig auf das, was da mit tief gesenktem Kopf neben V am Boden kauert, ohne auch nur eine Regung zu zeigen.

„Oh, verzeiht. Wie unhöflich von mir. Das ist Eva. Sie befindet sich seit einigen Monaten bei mir in der Ausbildung. Und ich muss sagen, sie ist äußerst gelehrig. Seht her: Eva pinkel!“

Sofort wechselt seine Begleitung von demütig kniend zu einer Hocke und ein kleiner See bildet sich unter ihr.

„Siehst du Lena. So einfach kann das gehen, wenn man nur will. Und jetzt: Leck das wieder sauber!“

Ohne zu zögern beginnt Eva die Pfütze ordentlich mit ihrer Zunge aufzulecken. Erschrocken blicke ich erst A und dann G an. Der schaut V beinahe mitleidig an und klatscht dann betont abfällig Beifall. „Toll, du hast endlich eine Person gefunden, die allen Anschein nach perfekt zu dir passt. Komplett hirnlos.“

A kann sich kaum das Lachen verkneifen, während V seinen ehemaligen Freund giftig anfunkelt. „Du warst schon immer ein Wicht. Zu nett, zu korrekt, zu alles. Euer Konsens Gelaber und all das andere sinnlose Zeug. S/M ist kein Zeitvertreib. Und es ist auch kein Spiel und keine flippige Auszeit für ein ansonsten stinklangweiliges Sexualleben! Ihr seid nicht in der Lage, eine Sklavin vernünftig zu erziehen, so dass sie den hohen Ansprüchen der echten Doms entspricht, deswegen begnügt ihr euch auch mit so etwas.“ Abfällig blickt V zu mir herüber. „Einer gelangweilten Kellnerin, die sich einredet, devot zu sein. Dabei hat sie vermutlich bis heute nicht annähernd begriffen, was das überhaupt bedeutet. DAS“, er deutet auf Eva, „ist wahre Demut, wahre Hingabe.“ Er tätschelt seiner Sklavin den Kopf. „Und nur um das wirklich klar zu stellen: Sie kam zu mir und hat mich gebeten sie konsequent zu erziehen. Sie weiß also ganz genau, worauf sie sich eingelassen hat.“

„Das ist krank und du weißt das!“, echauffiert sich A. „Das da hat mit S/M nichts mehr zu tun! Das ist Psychoterror!“

V zuckt gelangweilt mit den Schultern. „In der Frage waren wir uns noch nie einig. Du findest es sicherlich amüsant, wenn sich deine sub weigert deine Anordnungen zu erfüllen. Ich hingegen finde das respektlos."

„Vielleicht hat sie sich ja nur deinen Anordnungen widersetzt?" A schaut V herausfordernd an, der grinst nur dümmlich und sagt: „Ja sicher … dann zeig doch mal. Los, sag ihr, dass sie pinkeln soll. Jetzt und hier …", seine Stimme trieft nur so vor Hohn.

Ich schlucke. V weiß genau, dass das schon immer meine Schwachstelle war. Meine Blase hier vor all den Leuten zu entleeren grenzt für mich an einen Albtraum.

„Wir sind hier nicht bei einer dieser dummen Prüfungen, wie sie die Loge verlangt", mischt sich G nun ein.

Natürlich weiß ich, dass G mich nur beschützen will, aber in mir beginnt es zu brodeln. Ich suche den Blickkontakt zu A. Der schaut mich zunächst fragend und irritiert an, als er sieht, wie ich ihm unauffällig zunicke, doch dann scheint er zu verstehen.

„Keine Ahnung, seit wann dich pissende Frauen so anmachen, aber wenn du meinst …", gleichgültig blickt er V an, dann dreht er sich zu mir. „Du hast den Herrn gehört. Also erfülle ihm seinen Wunsch und pisse für ihn. Aber wenn es geht nicht direkt hier auf das Sofa", fügt er grinsend hinzu.

Gehorsam erhebe ich mich und gehe mit gesenktem Kopf zu V. Der grinst siegessicher.

Als ich neben ihm stehe muss ich mich für einen kurzen Augenblick auf das Hier und Jetzt konzentrieren. Seine Aura ist noch immer ungebrochen dominant und ich erinnere mich sofort wieder daran, warum ich diesem Mann so lange bedingungslos ergeben war. Doch dann besinne ich mich komplett auf A und G. Ich blende all die umstehenden Menschen aus, hocke mich hin und fokussiere mich auf meine Blase. Ich denke an A und unseren Ausflug im Camp *Lust & Qual*. Fast habe ich das Gefühl den Wind in den Bäumen zu hören und den erdigen Boden zu riechen. Ich senke meinen Kopf respektvoll vor A und dann lasse ich einfach laufen. Direkt auf die teuren Schuhe von V.

Der flippt förmlich aus. „Spinnst du? Du dreckige, kleine Schlampe!" Er schubst mich zur Seite dann faucht er A an: "Kannst du deine Brut nicht ordentlich erziehen?"

„Du wolltest, dass sie pinkelt. Sie hat gepinkelt. Und zwar problemlos und umgehend. Ich finde das deutet auf eine sehr gute Erziehung hin. Und jetzt tu uns doch bitte den Gefallen, nimm deine Zombie-Sklavin und geh."

Ich bin so stolz auf A, weil er so ruhig und gelassen bleibt, während V förmlich schäumt. So aus der Fassung habe ich ihn noch nie gesehen. Nicht einmal, als damals bei einer meiner Erziehungseinheiten die von ihm bestellten online Doms ordinär geworden sind, was ihn gehörig auf die Palme gebracht hat.

Mit gesenktem Kopf gehe ich zu A zurück und knie mich dort, wie es sich gehört, neben seine Füße.

Kurz sieht V aus, als würde er noch etwas erwidern wollen, doch dann packt er seiner Sklavin hart in die Haare, zieht sie daran hoch und schnauzt: „Na los, beweg dich du dummes Stück!"

Mitleidig sehe ich den beiden hinterher. Ich bin mir ziemlich sicher, dass Eva später nichts zu lachen haben wird. Die Demütigung, die V gerade erfahren hat, wird sie ausbaden müssen.

Unter den Blicken unzähliger Partygäste, ziehen die beiden von Dannen.

„Komm zurück zu uns auf das Sofa", befielt A und ich gehorche erneut sofort.

Ein Angestellter kommt mit einem Wischmopp und wischt die Pissereste wortlos auf. Anscheinend kommt es öfter vor, dass die devoten Gäste zur Belustigung der dominanten auf den Boden urinieren müssen. „Was habt ihr bloß immer mit der Pinkelei?", frage ich meine beiden Begleiter.

„Also ich persönlich finde es einfach geil", gibt G schulterzuckend zu und ich kann nichts anders, als zu lachen.

„Und für die meisten anderen ist es einfach ein Beweis ihrer Kontrolle. Etwas zu verbieten oder zu befehlen, das eigentlich eine vom Körper geregelte Notwendigkeit ist, ist pure Macht. Und es gehört außerdem zu den Lieblingsprüfungen der Herren der Loge."

„Hast du gewusst, dass V sich eine neue Sklavin zugelegt hat?", frage ich G.

„Nein."

„Sie tut mir leid", sage ich leise.

G und A nicken unisono.

„Was schätzt du in welcher Phase sie schon ist?" A sieht fragend zu G.

„Scheintod?", entfährt es mir. „Sorry. Das war unangebracht."

„Nein, es war leider sehr nah an der Realität. So wie sie funktioniert hat, würde ich schätzen, dass ihre offizielle Prüfung nicht mehr lange auf sich warten lässt."

„Dann hoffe ich für sie, dass sie dort komplett versagt", sagt A und G nickt zustimmend.

„Dann würde V sie sicher fallen lassen, wie eine heiße Kartoffel und mit etwas Glück könnte sie das ganze irgendwann vielleicht sogar vergessen."

„V vergisst man nicht", rutscht es mir heraus. „Man kann ihn höchstens hinter sich lassen." Ich sehe A tief in die Augen, dann senke ich aus vollem Herzen demütig meinen Kopf und sage: „Und ich bin froh, dass mir das gelungen ist."

Die Personen und die Handlung des Romans sind selbstverständlich frei erfunden. Etwaige Ähnlichkeiten mit tatsächlichen Begebenheiten oder lebenden oder verstorbenen Personen wären rein zufällig und nicht gewollt.
Die beschriebenen Schauplätze sind ebenfalls frei erfunden. Auch hier sind etwaige Ähnlichkeiten zu real existierenden Orten oder Gebäuden rein zufällig und unbeabsichtigt.

Wie Leserinnen und Leser des ersten Teils bereits wissen, ist es Absicht, dass die sub in diesem Roman immer kleingeschrieben ist. So wurde es mir privat eingeflößt und so bleibt es auch hier.
Genauso ist es Absicht, dass die dominanten Männer nur bei ihrem Anfangsbuchstaben genannt werden. Das symbolisiert Distanz und es klingt - selbst in einem Roman - einfach deutlich respektvoller jemanden mit *K* zu betiteln, als mit *Kalle*.
Dann möchte ich an dieser Stelle gerne noch etwas zum sogenannten *subspace* sagen.
Den *subspace* zu beschreiben bleibt natürlich immer eine sehr individuelle Sache, weil er sich einfach bei jedem anders zeigt. Ich bitte also um Entschuldigung, wenn nicht jeder etwas mit der hier gewählten Beschreibung anfangen kann.

Über Rezensionen oder Empfehlungen in gängigen Foren oder Buch-Shops würde ich mich selbstverständlich sehr freuen.

Eure sub b

sub_b@gmx-topmail.de